集英社オレンジ文庫

京都岡崎、月白さんとこ

人嫌いの絵師とふたりぼっちの姉妹

相川　真

本書は書き下ろしです。

目次

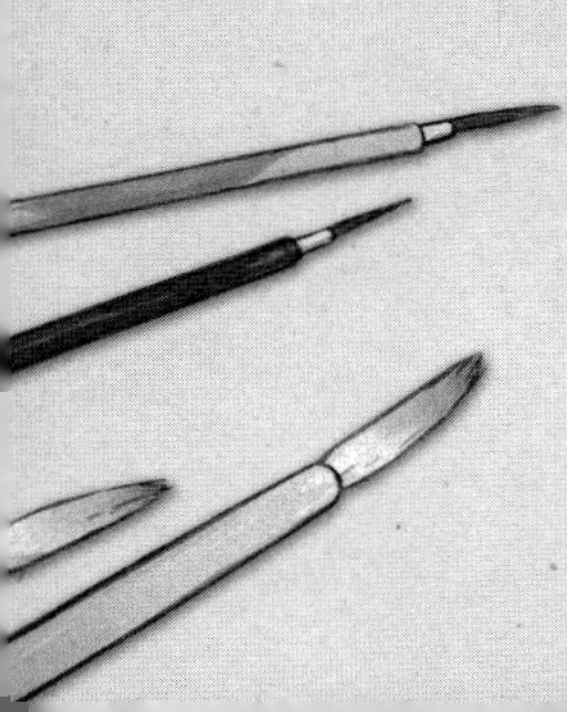

京都岡崎、月白さんとこ
人嫌いの絵師とふたりぼっちの姉妹

一 月光の月白邸

1

十月の夕暮れが、桜紅葉《さくらもみじ》が散るアスファルトに長い影を作る。

京都《きょうと》の東、東山《ひがしやま》の麓《ふもと》に岡崎《おかざき》と呼ばれる地区がある。

琵琶湖疎水《びわこそすい》の緩やかな流れが、南禅寺《なんぜんじ》から平安神宮《へいあんじんぐう》へと抜けていく。美術館や図書館が立ち並び、あちこちに桜紅葉が降るこの街は、京都が積み重ねてきた歴史と文化を押し込めたような一角だった。

水面《みなも》に風で波紋ができる度《たび》に、疎水を照らす夕日がとろりと形を崩す。左右から覆《おお》い被《かぶ》さるように生える桜の木が、朱色や橙《だいだい》色に染まった葉を風に揺らしていた。

七尾茜《ななおあかね》は、今年七歳になった妹の手をぎゅっと握りしめた。目の前には鮮やかな朱色の大鳥居がそびえている。平安神宮の大鳥居だった。

「すみれ。せっかくだから鳥居を通っていこうか?」

妹のすみれが無言でうなずいた。頭の上で一つに結ってやった長い髪が、ぴょんと揺れる。その顔は硬くこわばっているように見えた。

茜はため息を飲み込んだ。

今年の春、父が死んでから妹はずっとこの調子だった。あまり笑わなくなったし、時折何かを飲み込むようにじっと黙り込んでいることがある。

「大丈夫だよ、すみれ」

茜は妹の小さな頭を撫《な》でた。

今日から茜とすみれは、新しい家に引き取られることになる。

──上手《うま》くやろう。

茜はそびえ立つ鳥居を前に決意した。

妹がまた笑顔で暮らせるように。

今年の春に父が死んだ。

上七軒《かみひちけん》の喫茶店で父と三人暮らしだった茜とすみれは、この京都の地に二人きりで取り残された。

茜は高校生になったばかり、すみれは小学校の入学式直後だった。

葬式のあと、御所南《ごしよみなみ》にある叔父《おじ》の家にしばらく預けられることになった。

そしてこの夏の終わり。茜とすみれを叔父の家から引き取ってくれるという人が現れたのだ。

遠い親戚の久我青藍《くがせいらん》という人だ。二十六歳の天才絵師で、岡崎の『月白邸《つきしろてい》』という邸《やしき》に住んでいるらしい。人嫌いの変人絵師で、めったに邸の外にも出てこない。叔父や叔母《おば》は苦々しげな顔でそう言っていた。

今まで一度も顔を合わせたことがない人からの突然の申し出に、何もわからないまま、茜は今日すみれの手を引いて、ここ、岡崎にやってきた。

——平安神宮の北側にある月白邸は、冗談みたいな敷地の広さだった。

茜の背より高い白壁が、次の曲がり角まで続いている。白壁の途中にある門は、あきらかに上等とわかる千本格子《せんぼんごうし》。その向こう側に石畳が続いているのが見えた。

庭は広く木々がうっそうと茂っていて、肝心の家までを見通すことができないが、この敷地の広さで家がこぢんまりとしていることはないだろう。

茜は緊張に震える手で、意を決してチャイムを鳴らした。

しばらくすると門を半分開けて、まぶしいほどの金髪をした青年がひょいと顔を出した。

「——七尾茜ちゃんとすみれちゃんだよね。笹庵《ささあん》さんとこの」

『笹庵』は叔父の家の屋号だ。茜は気圧《けお》されたようにうなずいた。

「あの……久我青藍さんでしょうか？」

そう問うと、彼は首を横に振った。

「おれ、紀伊陽時《きいはるとき》。代わりに出迎えてやれって青藍に言われたんだ」
二十五、六歳ぐらいの青年だ。夕暮れのとろりとした陽光をめいっぱいに浴びて、艶《つや》のある金色の髪が輝いている。茜よりずいぶん背が高い。整った眉の下の目尻は甘く垂れていて、瞳は淡いブラウン。街を歩けば女の人が放っておかないにちがいなかった。
陽時が門の中に招き入れてくれる。茜は我に返ると、慌《あわ》てて頭を下げた。

「今日からお世話になります。お邪魔にならないようにします。お手伝いもさせてください。よろしくご指導ください」

一瞬空気が固まった気がして、茜は地面を見つめたまま硬直した。

頭の上であはは、と笑い声がはじけた。茜がそっと顔を上げると、陽時がおかしそうに肩を震わせている。

「サラリーマンの挨拶《あいさつ》じゃあるまいし。そんなに固くならなくてもいいよ」

砂糖でも煮溶かしたのかと思うほどの、低すぎない甘い声だ。陽時が笑う度に、首筋を細い金糸《きんし》のような髪がさらりとかすめる。なんだか目に毒な気がして、茜は慌てて視線をそらした。

「あの、紀伊さんは――」

「陽時でいいよ」

この人ににっこり笑われると逆らいがたいものがある。

「……陽時さんは、久我さんのお知り合いですか?」

「仕事仲間みたいなもんだよ。『月白邸』にはよく泊まってるんだ」

ではこの人も、絵師なのだろうか。茜が首をかしげていると、陽時が先に立って歩き始めた。

月白邸の庭に足を踏み入れて、茜は息をのんだ。

足元の石畳には、ぱらぱらと橙色の花がこぼれ落ちている。金木犀《きんもくせい》だ。小さな花を踏む度に、とろりと甘い香りが広がった。

ところどころ石畳に覆い被さっているのは、桃色の花をつけた秋桜。金木犀の木の隣には太い樫《かし》の木が。根元にどんぐりが転がっているのは楢《なら》の木だろうか。

未《いま》だ色づかない紅葉や、葉の端が橙色に染まりかけた桜が豊かな枝を広げていて、夕暮れの光に影を揺らしていた。

「……庭っていうか、森みたい」

うっかりそう口にして、茜ははっと顔を上げた。

「すみません、他人様《ひとさま》のおうちに」

「いや、本当にそうだから」

陽時が嚙み殺し損《そこ》ねた笑いを唇に乗せている。

「よく言えば四季折々の豊かな自然そのものが楽しめるってとこだけど、まあ放置だよね。青藍が、邸に他人を入れるの嫌がるから」

久我青藍なる人物は、人嫌いで変人だと聞いている。出迎えも人に任せるとなると、相当なのかもしれない。そんな人と上手くやっていけるのだろうかと、茜はふいに不安になった。

陽時が案内してくれたのは、平屋の離れだった。

「ここ使って。母屋《おもや》からは繋《つな》がってないし、鍵もかかるから安心していいよ。ちょっと狭くて悪いんだけどさ」

だが玄関があり、側面に回れば縁側もついたそれは、茜にしてみれば十分立派な一軒家だ。茜はおそるおそる陽時を見上げた。

「ここを借りてしまって、本当にいいんですか？」

「うん。風呂は母屋になっちゃうけど、シャワーとトイレはあるよ。おれは別に母屋に住めばいいんじゃないって言ったんだけど、青藍がね……」

人が増えれば他人の気配に気を遣《つか》うこともあるはずだ。久我青藍が人嫌いならなおさらだろう。茜は唇を結んで頭を下げた。

「すみません。できるだけ静かにするようにします」

陽時は一瞬きょとんとしたあと、「違う違う」と笑った。

「おれも青藍も男でしょ。親戚っていったって知らない男と住むのは、茜ちゃんたちが不安だろうから。鍵かかるとこ用意してやれって、あいつが言ったんだよ」

陽時がまたお日様のような笑顔を見せた。

陽時が茜の手のひらに二本一組の鍵を置いてくれる。キーホルダーに細い赤色のリボンが結ばれていた。

「一本は門の鍵、もう一本は離れの鍵だよ」

すみれがめいっぱいつま先立ちになって、茜の手元をのぞき込む。

「すみれのも、ある？」

おずおずとすみれが見上げると、陽時の顔が笑み崩れた。

「もちろんあるよ。これがすみれちゃんのです」

すみれが差し出した両手に、陽時がもったいぶって鍵を乗せた。幅の広い青いリボンが結ばれていて、首にかけられるように長い紐《ひも》がつけられている。

すみれが自分の首にかけて、ほんの少しうれしそうに笑った。妹がこんな顔を見せるのを久しぶりに見て、茜もほっと息をつく。

「じゃあ夕食は――」

「大丈夫です。今日は外で食べてきたので」

茜がそう言うと、陽時がきょとんとした。

「他人様のおうちにご迷惑をおかけできません。わたしとすみれの分は、お台所を貸していただければ、明日から自分でなんとかします」

しばらく啞然としていた陽時が、やがてふふ、と肩を震わせて笑った。茜が首をかしげると、陽時はなんでもないと緩く首を横に振る。

「手強《てごわ》いなあと思って――じゃあ夕食は今日はいらないってことで。明日の朝ご飯も、悪いんだけど適当に食べておいてね。母屋を入ってすぐに食堂があるから、キッチンも食材も自由にしていいよ」

陽時がひらひらと手を振って背を向けた。ああそうだ、とふと足を止めて振り返る。

「他人様の家っていうのは、ちょっとさびしいよ。今日からここが、茜ちゃんとすみれちゃんの家だから」

とろけるような橙色の夕暮れの中で、陽時は笑みを浮かべた。

「――月白邸へようこそ」

陽時は今度こそ、金木犀の香りの中を石畳を踏みながら戻っていった。

茜はすみれと二人、しばらく立ち尽くしていた。

ほろほろと胸の奥に、日だまりのようなあたたかさが残っている。

会ったばかりの人の優しさに甘えているようで、どうにも落ち着かない心地がした。

物置のついた十二畳の離れは、茜とすみれが二人で暮らすには十分すぎる広さだった。

部屋の真ん中に布団を二組敷いて、その左側ですみれがうとうととしている。

引き開けた障子《しょうじ》の向こうは、掃き出し窓を挟んで縁側になっていた。

庭の木々の隙間に、ぽかりと満月が浮かんでいた。

「……月白《げっぱく》だ」

茜はぽつりとつぶやいた。

冴《さ》え冴《ざ》えとしてほの青いあの月の光の色だ。

この邸の名、「月白」には二つの読みと意味があるそうだ。いつだったか父に聞いたことがあった。

茜とすみれは元々は東京に住んでいた。母は体の弱い人で、すみれを産んでしばらくして死んでしまった。父にも母にも、およそ親戚と呼べる人たちはおらず、茜は両親のことを天涯孤独なのだと思っていた。

京都は父の故郷なのだそうだ。

四年前に茜とすみれは、京都の上七軒で喫茶店を開くと言った父と共に、こっちへ越してきた。

他に身寄りのないたった三人での暮らしは、裕福でも劇的でもなかったけれど。茜にとってはとても柔らかで、大切な日々だった。

父は絵を描くのが好きな人だった。

定休日にはよく茜とすみれの前で絵を描いてくれた。図工や美術の時間では見たことのない特別な絵具を使っていて、それは自然の中にあふれている色なのだと言っていた。

若草色や萌葱《もえぎ》色は春の野の色。今日の夏空は水浅黄《みずあさぎ》、春の海は柔らかな空色、日が暮れて太陽が沈み、夜のとばりが下りるほんの一瞬だけ垣間《かいま》見える、群青《ぐんじょう》。

ある夜空にぽかりと浮かぶほの青い月を指して、父が言ったのを覚えている。

——こういうお月様の色はな、月白《げっぱく》ていうんや。

父は手の平に「月白」と書いてくれた。

——この言葉は不思議でな。「げっぱく」て読むと青い月の色、「つきしろ」て読むと、お月様《つきさん》が昇る前の空の色になる。

茜が目を丸くしていると父が得意気に笑った。

「な、おもしろいやろ」

それから、茜は父の話に夢中になった。

父が絵を描きながら、一つ一つ教えてくれるのが、楽しくて仕方がなかった。

このままずっと、この日々を送り続けるのだと思っていた矢先。

父が死んで、茜とすみれはとうとう二人きりになった。


月明かりがふいに陰った。薄い雲の向こうに隠れてしまったのだろう。淡く心許《こころもと》なくなった月の光から視線をそらして、茜は小さく首を横に振った。

父のことを思い出すと、さびしくてたまらなくなる。

「すみれ、お父さんの絵、飾ろうか」

すみれが布団の中からのそりと起き上がったのがわかった。

茜は片付け途中のダンボール箱の中から、くすんだ黄緑色の掛け軸を取り出した。

朱色の糸をほどいて広げると、白い和紙が現れる。右側から生える太く力強い木のそばに、雀《すずめ》が一羽寄り添っていた。

喫茶店の壁に父が飾っていたものだ。茜とすみれの持っている、父の唯一《ゆいいつ》の絵だった。

父はいつも絵や画材を、茜とすみれの知らない場所に隠していた。そのまま死んでしまったから、場所もわからずじまいのまま引っ越してしまった。

「どこにあるんだろうね、お父さんの絵」

茜がそうつぶやくと、妹がぎゅっと唇を結んだのが見えた。隠れるように布団に潜り込んでしまう。

「……すみれは知らない」

くぐもった小さな声が聞こえた。

見つからない父の絵の話をすると、すみれはいつも何かから逃げるように、自分の殻《から》にこもってしまう。何か隠しているのかもしれないし、ただ父のことが悲しいのかもしれない。

もうずいぶん長い間、妹が楽しそうに笑うのを見ていない。茜はため息をついた。

やがてすみれの布団から、小さな寝息が聞こえた。

自分も布団に入ろうと、茜が障子を閉めようとした時。ふと庭で何かが動いた気がした。

庭の奥にじっと目を凝《こ》らす。

人影だ。うっそうと立ち並ぶ木々の向こうに、確かに誰かが見えた。

茜は音を立てないように窓を開けた。縁側にそろえてあった外履《そとば》きの下駄に足を突っ込んで庭へ下りる。

たぶん陽時ではない。陰った月明かりの下でも、きっとあの金色はすぐにわかるだろうから。

それなら、あの人影が久我青藍かもしれないと茜は思った。

木々の間をしばらく進むと、ふいに視界が開けた。小さな広場のように、庭の中でそこだけがぽっかりと切り取られている。背の低い柔らかな雑草が風に揺れていた。

真ん中に桜の木があった。

十年か、もしかするともっと若い木かもしれない。

茜の腕の太さほどしかない細い幹から、ともすれば折れてしまいそうな枝が、なんとか空に向かって伸びている。

茜は少し驚いた。頼りないその木には、季節外れの桜の花が、ぽつりと一つ咲いていたからだ。

こんな時季に珍しいものだと思っていると、その桜の下で影が動いた。

視線をやって、茜は息を呑んだ。

それは夜と同じ色の着流しをゆったりと纏《まと》う青年だった。影のように静かにたたずんで、じっと桜を見上げている。

――あれが久我青藍だろうか。

ざあっと風が吹いた。

冴《さ》え冴《ざ》えとした月の光があたりを照らしだす。

月白の光に照らされたその人が、ふいに空を仰いだ。

月に向かってするりと手を伸ばす。

長い前髪の下から見える、黒曜石のような深い黒の瞳がひどくさみしそうに見える。不安に駆られた子どもが何かに縋《すが》るようで、胸を締め付けられる心地すらする。

茜はその場から、凍り付いたように動けなかった。

結局茜は声もかけられないまま、その人が諦《あきら》めたように桜の下から去るまで、その光景をぼんやりと見つめているしかなかったのだ。

2

次の日は朝から雨だった。空は厚い雲が垂れ込めている。茜《あかね》は眠たそうに目をこするすみれの手を引いて離れを出た。

もう片手には父の掛け軸を携《たずさ》えている。飾ろうとしたのだけれど、金具が壊れていて壁にかけられなかったのだ。母屋《おもや》で何か代わりになるものを借りるつもりだった。

母屋の玄関から上がって、昨日陽時《はるとき》が食堂と呼んだ部屋へ向かった。

「わぁ……」

茜は思わず声を上げていた。

東向きの窓からたっぷり光が入る居間は、壁面がすべて飴色《あめ》の木の板で覆《おお》われている。毛足の長いラグとソファセット、そこから繋《つな》がるように広いダイニングがあった。

大きな丸太をスライスして繋げたような、いびつな形の広いテーブルが二つ。木の椅子が、五つずつ置かれている。その向こうに対面式のキッチンがあった。

ふと茜は首をかしげた。

この邸《やしき》は久我青藍《くがせいらん》という人、一人が住んでいると聞いている。陽時が泊まるとしても二人。それだけの人間が使う場所としては、この邸も食堂も十二分に広い。

他に人の気配は感じないから、この月白邸という邸には、元々たくさんの人が住んでいたのかもしれなかった。

大きくて設備の充実したキッチンに、茜は少しわくわくしていた。

料理は好きな方だ。叔父《おじ》の家では台所に立たせてもらえなかったから、こうして何かを作るのは久しぶりだ。

食材も自由にしていいと言われている。少し心躍《おど》らせながら冷蔵庫のドアを引き開けて、茜は絶句した。

「……うそ、何もない」

一通りの調味料と缶ビールやチューハイ。申しわけ程度に牛乳と卵が一パックぽつんと置かれている。冷蔵庫の脇になんとか食パンがあるのを見つけて、茜はほっと胸を撫《な》で下ろした。

「よし、すみれ。卵サンドにしようか」

「ほんと?」

すみれが眠たそうにしていた顔を上げた。

上七軒《かみひちけん》で営んでいた父の小さな喫茶店で、土日の朝だけ出していたメニューだ。コーヒーは絶品だったけれど、料理はさほど得意ではなかった父に代わって、茜が備え付けの小さなキッチンで作っていた。

パンをトースターに放り込んでおいて、湯を薬缶《やかん》で沸かす。

卵を四つボウルに割って、塩と出汁《だし》を入れて軽く混ぜた。フライパンで真四角の形に焼き上げる。

トーストにバターを塗って、焼けた分厚い卵焼きをそのまま挟んだ。断面がきれいに見えるように、ざっくりと包丁で真っ二つに切る。

　自分用にインスタントのコーヒーを淹《い》れたところでコンロに目をやると、すみれのホットミルクが小さな鍋でふつふつとあたたまっていた。

　全部があたたかいうちに、同時に提供できるのが理想だ。茜は父にそう教わった。

　食堂のテーブルに並べて、すみれと一緒に手を合わせた。

「茜ちゃんのサンドイッチ、久しぶり」

　すみれが少しでも元気になってくれればいい。茜は手を合わせながらそう思った。

　ざくりとしたトーストの食感のあとに、ふかふかの厚焼き卵の出汁の味が、じんわり追いかけてくる。

　茜はちらりとキッチンを見た。そこにはもう一人分朝食を用意してある。

　久我青藍の分のつもりだった。

　茜は昨日の夜のことを思い出していた。季節外れの桜の下にたたずんでいたあの人が、やはり人嫌いの天才絵師、久我青藍なのだろうか。

　月白《げっぱく》の光に手を伸ばしたあのさびしくも美しい光景が、脳裏に焼き付いている。

　茜が小さく首を振って、冷めかけたコーヒーのカップを持ち上げた時だった。

　ぎし、と廊下を踏む音がした。

顔を上げた茜の視線の先、暖簾《のれん》をわけてのそりと男が顔を出した。茜は目を見開いた。

久我青藍だ。

くしゃりと皺《しわ》の入った濃紺の着流しは、昨日庭で見たままだ。

顔立ちは端整だが、陽時のような華やかさはなく、わずかに伏せられた切れ長の目は人を威圧する迫力があった。

上背《うわぜい》はずいぶんあるけれど、あまりがっしりした印象はない。気だるそうに足を運ぶ様はその瞳の鋭さも相まって、黒豹《くろひょう》のようなしなやかな肉食獣に見えた。

茜が息を呑む横ですみれも硬直している。

「あの……久我青藍さんですか」

茜がなんとかそう問うと、わずかにうなずいたような気がした。

青藍は二人を一瞥《いちべつ》しただけで、のそりとキッチンの中へ入っていった。食器棚の下の物入れから酒の一升瓶を引っ張り出す。そのまま棚から猪口《ちょこ》を一つさらった。

青藍の通ったあとから酒の匂《にお》いがした。そこで茜はようやく我に返った。慌《あわ》てて椅子から立ち上がる。

「わたし何か作りましょうか」

青藍の瞳がじろりと茜を捉《とら》える。それだけでぐっと黙り込んでしまいそうになった。

茜は青藍の大きな手が、しきりに首の後ろをさすっているのに気がついた。顔色も悪い。ずいぶん体調が悪そうに見えた。

「大丈夫ですか？」

「……何？」

獣が威嚇《いかく》するような声だった。同じ京都のイントネーションでも、柔らかだった父の物言いとはまるで違う。

「た、体調が悪そうなので……お酒はやめてお休みになった方が……」

顔を上げて茜は後悔した。青藍が十分に険のある顔で茜を見つめていたからだ。そのままゆっくりとこちらへ近づいてくる。

茜は思わず一歩下がった。膝裏《ひざうら》にがつんと椅子が当たる。青藍はほとんど真上から、じろりと茜を見下ろした。

「――やかましい」

茜の膝から力が抜けて、真下にすとんと体が落ちる。椅子に座り込んだ茜を一瞥して、青藍はまた体を引きずるように暖簾の向こうへ消えていった。

廊下を踏む音が聞こえなくなったころ。茜はようやく息をついた。もう肌寒い季節だというのに首筋にじっとりと汗をかいている。

どうしよう、と茜は唇を噛んだ。青藍の機嫌を損《そこ》ねてしまったかもしれない。あの人はここの家主で、いつでも茜とすみれを追い出すことができるのだ。

次に会ったら謝ろう。そう茜が小さくため息をついた時だった。

廊下でがたん、と音がした。

すみれが顔を上げて椅子から飛び降りる。暖簾の向こうに走っていって、慌てて戻ってきた。

「茜ちゃん、大変！」

すみれに続いて廊下へ出た茜は短い悲鳴を上げた。廊下の壁を背に青藍が座り込んでいたからだ。転がっている酒の瓶を避けて駆け寄る。

「久我さん！」

茜の声に反応して、伏せられていた瞼《まぶた》がうっそりと開いた。

「大丈夫ですか、具合悪いですか？」

「……なんでもあらへん」

片目がぎゅうと眇《すが》められる。青藍の片手が顔をおおうように額に手の平を当てていた。

「もしかして頭、痛いですか？　片方だけ脈打つ感じですか？」

青藍の目がわずかに見開かれた。

「昨日寝てますか？」

青藍がすっと目をそらす。酒の匂いがする。夜通し飲んでいたのかもしれない。たぶん片頭痛《へんずつう》だ。外の天気も悪く体調を崩しやすい。酒が入っているのも良くないし、寝ていないのならなお悪かった。

「……薬、飲んだら治る」

どけ、と青藍がふらふらと立ち上がった。

「だめですよ。お酒飲んでるんですよね」

「知らん」

「とりあえず食堂で――」

「――死んじゃうの？」

ぽつりと小さな声がして、茜も青藍もそろって振り返った。ぱたぱたとすみれが青藍に駆け寄って、その大きくてしなやかな手を幼い両手でつかんだ。

「お兄ちゃん、死んじゃう？」

「何を……」

青藍が眉をひそめた。すみれの小さな手の柔らかさにおののいたように固まっている。

「大丈夫だよ。久我さんは死んじゃったりしない」

　茜は青藍に視線を向けた。

「居間で休んでください。冷やすとマシになると思います。氷を用意しますから」

「いらん」

　力なく首を横に振る姿があの日の父と重なる。怯《おび》えたように青藍の手を握るすみれの瞳が、不安そうに揺れていた。

　そのすみれの姿を見た瞬間、茜はきっぱりと言った。

「すみれ。久我さんを居間まで連れていってあげて」

「おい」

　険のこもった声を茜は聞こえないふりをした。

　青藍の手が所在なさげにすみれの幼い両手に収まっている。無理やり振りほどくつもりはないのかもしれない。その手をすみれがぐいっと引いた。顔が使命感にきりりと引き締まっている。

「お兄ちゃんこっち。だいじょうぶ、すみれがいるよ」

　すみれの手に引かれるまま、青藍は首の後ろを押さえながらふらふらと居間へ連れていかれた。最初は「離し」とか「やめや」などと聞こえていたが、そのうち諦《あきら》めたのだろう。すみれが精一杯キリッとした顔で、居間のソファを指した。

「ここに寝るの」

キッチンへ向かっていた茜が振り返ると、居間のソファから、ぐったりと横になった青藍の長い足がはみ出しているのが見える。そのそばにすみれが寄り添っていた。

茜は冷凍庫から氷を出してビニール袋に入れると、それをタオルで包んでソファへ持っていった。

「痛いところに当てて冷やしてください。横になってた方がいいです」

体を起こそうとした青藍を制して、すみれに目配せをする。すみれが「だめ」と言うと、青藍はしばらくもぞもぞやったあと、やがておとなしくソファに体重を預けた。

茜は窓のカーテンを閉めて、部屋の明かりを少し落とした。

ソファをのぞくと、氷を首筋に当てた青藍がじっと目を閉じている。

この人が茜とすみれを引き取ってくれた人だ。

昨夜、庭でさびしそうに月を見上げていた人で、さっき食堂で追い詰められた獣のように茜を威嚇した。そうかと思えば、すみれの幼い手を無理やり振りほどこうとはしない。

——どれが本当のこの人なのだろう。

茜は唇を結んだまま、険しい顔で目を閉じている青藍を見て、ふいにそんな風に思った。

しばらくして茜が湯冷ましを持っていくと、閉じていた青藍の瞼がゆっくり開いた。ほんの数十分程度だが、うとうとしていたのかもしれない。

身を起こした青藍が戸惑《とまど》ったように眉を寄せた。すみれがソファに頭をもたせかけて、寝息を立てている。片手は青藍の大きな手をしっかりと握ったままだった。

看病をしているつもりで、そのまま寝落ちしてしまったのだろう。

茜は小さく頭を下げた。

「すみません。起こしてもらって大丈夫です」

青藍は少し考えて、「いや」とつぶやいた。すみれの手をそのままに、湯飲みを受け取る。それを一気に飲み干した。

頭痛はずいぶんマシになったようだ。

「頭痛、続くようなら病院に行った方がいいと思います」

「もう行った……」

それで医者になんと言われたかは想像がつく。

「ストレスを減らして睡眠を取って生活リズムを整えろ。お酒は控えること。って言われませんでした？」

青藍が気まずそうに視線をそらす。

「……なんでわかる」

「父も同じだったので。頭痛持ちだったんですよ」

「樹《いつき》さんか……上七軒で喫茶店やったはったんやてな」

父の名を呼ぶ青藍の声が思ったよりずっと穏やかで、茜は困ったように微笑んだ。こんな風に父の名を呼ぶ人は久しぶりだった。

窓の外から重い雨の音が聞こえる。このしっとりと重苦しい雨の気配が、茜の胸の奥で押し込めたはずの不安をかき立てた。

「……お父さんの上七軒のお店、夜も遅いし朝は早くて。……前々から、よく頭が痛いって薬飲んでたんです」

だから、あの日もいつものそれだと思ったのだ。

桜を散らす強い雨の日だった。頭が痛いと言った父にいつも通り氷と薬を置いて、茜はすみれの手を引いて学校へ行った。

高校に着いて授業が始まっていくらもしないうちに、先生が駆け込んできた。混乱のまますみれを迎えに行って、病院に駆けつけた時には父は死んでいた。脳梗塞《のうこうそく》で、わかりやすく言えば頭の血管が詰まったのだと、医者は言った。

気の毒そうな顔をした看護師が茜とすみれにあたたかいココアをくれて、その甘さだけが今でも記憶にこびりついたように残っている。

あの日、茜とすみれは二人きりになった。

青藍が片手を繋いだまま、寝落ちしているすみれを見下ろした。

「……だから人をつかまえて、死ぬの死なへんの言うたんか」

「こういう雨の日に、頭が痛いって言われるの不安なんだと思います」

話し声で起きたのだろう。すみれがのそのそと起き上がって目をこすっている。青藍を見上げて大きな瞳を揺らせた。

「お兄ちゃん、大丈夫？」

青藍は困ったように眉を寄せた。

「……ああ」

すみれの小さな手がぎゅっと青藍の手を握りしめた。

「──良かったねえ」

茜にとっても何カ月ぶりかの、妹の満面の笑みだった。

屈託のない笑顔に、青藍がきょとんとしたのがわかった。この人は額《ひたい》に皺がないと、案外毒気のない顔らしい。茜の視線に気がついて、慌てて顔を引き締めたのがなんだかおかしかった。

「もう大丈夫や……離せ」

青藍が湯飲みのコップを卓に置いて、すみれの頭にぽんと手を乗せる。腰が引けていておっかなびっくりといった風だった。

この人はやっぱり優しい人だ。うれしそうなすみれの顔を見て茜はそう思った。

ふいに青藍が卓の上に転がっていた掛け軸に手を伸ばした。そういえば卓に放り出したままだったのを、茜は思い出した。

「誰の絵や」

「父のです。上七軒のお店に飾っていたものなんです」

すみれはまだ心配なのか、ソファから離れず青藍の顔をじっとのぞき込んでいた。後ろに回ったり足元に座り込んだりと、ちょろちょろしている。

これは懐《なつ》いたな、と茜は内心ため息をついた。立ち上がってキッチンへ向かうと、溶けかけた氷をがらりとシンクへ流す。

あまり青藍の邪魔になってもいけないと、すみれに声をかけようとした時だった。

青藍が広げた掛け軸を手にキッチンへやってきた。その長い脚にすみれがまとわりついている。

青藍は、その広げたままの掛け軸を茜に突き付けた。

「風帯《ふうたい》が千切れてしもてる。格好悪い」

ふうたい、と茜は繰り返した。

「ここや」

青藍の指先が示す細い帯が、確かに向かって右側だけ千切れている。喫茶店に飾られていた時には、その先があったような気がする、と茜は思い出した。

「本当だ、巻く時にどこか引っかけて、千切れちゃったのかもしれないですね」

青藍の言う通り、確かに左右が違うのは見た目が悪いような気がする。

「こういうのって、いっそ両方切っちゃった方がいいですかね」

思い切りよくキッチン鋏《ばさみ》をつかんだ茜に、青藍はおののいたように身を引いた。冗談じゃないと言わんばかりだ。

掛け軸をかばうように抱《かか》えると、青藍は肺の奥から深いため息をついた。

「──来《き》ぃ」

茜とすみれは顔を見合わせた。

のそのそと歩く青藍の背を追って、月白邸《つきしろてい》の廊下をずいぶん歩いた。

月白邸は奇妙な造りをしていた。母屋からいくつもの渡り廊下がのびている。森のような庭にぽつぽつ点在する、小さな離れを繋いでいるらしい。

屋根付きの細い塀《へい》の間を進むような渡り廊下は、あちこちが掃き出し窓のように開け放たれていた。

長い渡り廊下のあと、数段階段を上がると離れの縁側に出た。青藍が一番手前の障子《しょうじ》を引き開ける。落ち着いた涼やかな香の薫《かお》りがした。

その中をのぞき込んで、すみれが感心したような声を上げた。

「茜ちゃん、ここ図工室みたいだ」

十畳ほどの部屋が、おそらく二間。手前の十畳は板間で奥は締め切られている。

天井から古い木製の棚が備え付けられていた。左三分の一は真四角の小さな引き出しが三十ほど、その横は幅の広い棚で、上から中程までは大きさも色もちがう紙が差し込まれている。下三段程は、巻き物のように芯に巻かれた色とりどりの布が収められていた。

一番右端の棚は扉が作り付けられていて、半分開いているそこには小さな瓶や小袋がびっしりと並んでいるのが見える。

そして何十本もの細い竹を割ったもの。ペンチのような工具、彫刻刀だけが何十本も詰め込まれた箱、小さな鉈《なた》がいくつか。鍋にコンロに小さな冷蔵庫。箱にきっちり収められた、何十枚もの白い小皿。

何より目につくのは、おびただしい量の筆だった。

筆は穂先が上を向くように、竹の筒に立てられているものもあれば、乾かすように釘を打った壁に下げられているものもある。

すみれの言う通り、図工室や美術室に雰囲気が似ていた。

部屋の真ん中に腰の高さほどの大きな机があった。青藍がその上に父の掛け軸をそっと広げた。

「天地の裂《きれ》は暗めの黄緑、中廻《ちゅうまわ》しは深い草色に金、元の風帯は朱か。ええ色やな」

青藍は棚から布を吟味《ぎんみ》しながら、ふとこちらを向いた。

「早《はよ》う入れ。吹き込まれると紙が湿気る」

縁側の向こうはだんだんと雨脚が強くなっている。

入ってもいいのだろうか。茜とすみれは顔を見合わせた。

ここはたぶん青藍の仕事場で、簡単に踏み込んではいけないような気がしたから。

ためらっている茜とすみれに、青藍が明後日《あさって》の方を見てぽつりと言った。

「——自分らの父さんの絵なんやろ。直したり」

無意識なのだろうか。青藍の指が掛け軸をゆっくりとなぞっている。自分の絵でもないのに丁寧《ていねい》で愛《いと》おしそうに見えた。

じわ、と心の柔らかい部分があたたかくなる。

この人は父の絵を愛おしいと思ってくれている。それだけで、なんだかうれしくてたまらなかった。

先に足を踏み出したのはすみれだった。あっという間に青藍のもとまで走っていく。そのあとを追うように、茜もおそるおそる部屋に足を踏み入れる。涼やかな香に混じって、美術室のような独特の絵具と紙の匂《にお》いがした。

――風帯というのは、意味あるものではなく名残《なごり》なのだと青藍は言った。

「昔、中国で掛け軸を外で鑑賞する風習があった。その時に燕《つばめ》が寄ってきて、掛け軸を汚さへんために、こういう細い帯をつけた」

今ではその意味は失われ、飾りとして残っているそうだ。

「大抵は、一文字《いちもんじ》いうんやけど、ここと――」

青藍は絵の上にわずかに露出する、くすんだ朱の部分を示した。

「――同じ色を使う。色は絵の雰囲気に合わせたり飾る場所に合わせたり。天地の色や風帯も作品の一部やとぼくは思う………切って左右そろえたらええというもんやない」

最後は茜に向かって言ったのだろう。じろりと睨《にら》み付けられて茜はびくっと体を震わせた。あの鋏で風帯をちょん切るという行為は、青藍にとっては言語道断だったらしい。

掛け軸に使う布を裂地《きれじ》と呼ぶそうだ。

天地の裂は鶯《うぐいす》色か青丹《あおに》と青藍は言った。指差したのは掛け軸の上下の部分だ。くすんだ黄緑のような色が使われている。

「うちには本格的な表装の道具はあらへんけど、風帯直すぐらいはできるやろ」

　青藍は棚の中から裂地に使う布を十ほど机に並べてくれた。どれも光沢や模様が違う高そうな生地《きじ》だ。

　茜とすみれは机の上に並んだ布を順々に見つめた。赤や藍《あい》色、金色が多い。どれも少しずつ色や風合いが違って、目移りする。

　青藍が端の布をとん、と指した。少しくすんだ朱色のような色味だ。

「同じ赤や藍でもそれぞれ違う。元の風帯はたぶんこの色やけど、ぼくは変えてもええと思う」

　机の上に広がった布を示して、青藍は顔を上げた。

「これは紅葉《もみじ》の色やな。同じ赤でもこっちは牡丹《ぼたん》の色や。藍も何種類かあって――」

　ぽつぽつと途切れるように話す青藍の声は、低くゆっくりとしていて聞き取りやすい。

　色とりどりの美しい裂地の前で、着物のたもとを押さえながら一つ一つ指差して教えてくれる青藍は、まるで大切な宝物を自慢しているように茜には見えた。

　その艶《つや》めく黒曜石の瞳がとてもきれいに見えて、気づいたら茜は吸い込まれるようにじっと見つめていた。

この人が絵を描く時はどんな目をするのだろう。

ふとそれを見てみたいと思った。

「——どれにする？」

問われて、茜は我に返った。

慌てて机に視線を戻す。青藍の横に陣取って、すみれが真剣な顔で色を吟味していた。

「何を選べばいいのか……」

色の合わせ方も決まりも茜にはわからない。元の風帯は少しくすんだ赤色をしているから、近いものを選ぶのがいいのだろうか。

そう問うと、青藍がぽつりと言った。

「ルールはある。絵と同系色にするとか、季節や着物の重ねの色に合わせるとか、古い歌の一節になぞらえてみるとか」

茜は頭を抱えそうになった。茜は国語も古典も苦手な部類だし、すみれに至っては漢字が書けるかどうかといったところだ。

困り切った茜の顔を見て、青藍が一つ息をついた。

青藍は茜とすみれの手をつかんで、棚の前に立たせた。天井まで作り付けの棚から、布も紙も数え切れないほどの色があふれていた。

庭の石に生えている苔《こけ》の色。水道の蛇口からぽたりとこぼれる雫《しずく》の色。空を覆《おお》う鉛《なまり》のような雲の色、からりと枝からこぼれ落ちる枯れ葉の色。

目に見える自然の色が、その棚にすべて押し込まれている。

青藍の大きな手が茜の肩を叩《たた》いた。

「裂でも紙でも好きなん選んだらええ。決まりやルールに従えば、できあがりは美しいんやろ。せやけど、誰がどうしてこの色を選んだのか。そのことの方がぼくには意味があると思うし──ずっと楽しいんとちがうやろか」

ふ、と青藍が笑った気配がした。

茜は素直に驚いた。この人、笑うんだ。

お世辞にも朗《ほが》らかとも優しそうだとも思えなかったけれど。陽時の日だまりのようなそれとは違って、不器用でぎこちない優しい獣の笑みだった。

そのあと茜とすみれは、長い間相談して少しくすんだ深く濃い茶色の布を選んだ。金色の細かな模様が織り込まれている。茜はそれを青藍に差し出した。

「お父さんの淹れる、コーヒーの色です」

上七軒の喫茶店で父がいつも淹れていたコーヒーは、とろりと濃くて飲む人をほっとさせる香りがするのだ。

「ほんとは、何色っていうの？」

すみれが問うと、他の裂地を片付けていた青藍がぶっきらぼうに言った。

「色なんか自然にあるもんに、こっちが勝手に名前つけてるだけや。別に好きに呼んだらええ」

「じゃあ……お父さんのコーヒー色だ」

すみれがぱあっと笑みをはじけさせた。くすぐったそうに唇をむずむずとさせて口の中で「お父さんのコーヒー色！」と何度もつぶやいている。

すみれが屈託なく笑うのを見て、茜も自分の口元が緩むのを感じていた。

掛け軸を直してくれると言った青藍が、ふと眉をひそめた。

「おい。もう一幅《いっぷく》はどこにある」

「もう一幅、ですか？」

茜は思わず聞き返した。

青藍が掛け軸をそっとなぞって言った。

「——これは対幅《ついふく》とちがうんか？」

茜は戸惑ったように青藍の手元をのぞき込んだ。

対幅、というのは二枚一組の掛け軸のことだと青藍は言った。

「左側から木の枝が伸びてるけど、枝先が紙の端で途切れてるやろ。こんな描き方するんや、対になる、枝先が描かれたもう一幅があると思うんやけどな……」

茜は息を呑んだ。首を横に振る。

「わからないんです。父の絵はこれ一つしか見つからなかったから……もう一つあるなんて知らなかった……」

父が絵具をこっそり隠しているのを、茜もすみれも知っていた。使い方を間違えると危ない絵具があるからだと父は言った。

休みの日になるとそれをどこかから取り出してきて、二人の目の前で絵を描いてくれたのだ。

父が突然死んで、その場所はわからなくなった。叔父の家に引っ越す時にずいぶん探したけれど、どうしても見つからない。

そう言うと、青藍が深いため息をついた。

「そうか……ええ絵やのに、残念やな」

本気で落胆した声だった。

その時茜は、すみれがきゅうと唇を結んだのを見た。いつもの何かを飲み込んでしまうようなあの顔だ。迷うように、茜と青藍の間をすみれの目が行き来する。

「どうしたの、すみれ」

すみれが、青藍の着物の袖《そで》をぎゅっと握りしめた。硬い表情で床を睨み付けている。

「……すみれ、知ってる」

「え……？」

茜はすみれを見下ろした。

「お父さんの秘密の場所、すみれ知ってる……」

顔を上げたすみれは、泣きそうな顔をしていた。

「すみれ、お父さんが隠してるとこ、こっそり見ちゃったの。そしたらお父さんが言ったんだよ。……お父さんとすみれの秘密だからね、って」

「どうして――！」

茜は思わず妹の両肩をゆさぶった。どうして今まで教えてくれなかったのだろう。

「だって……」

すみれの両目から、こらえきれなくなった涙が、ぼろぼろとこぼれ落ちる。

「――あの人たちに、取られちゃうから」

茜は唇をぎゅっと結んで、すみれを思い切り抱きしめた。

――お前たちの父親は、うちの家の恥や。

父が運ばれた病院で、茜とすみれの前に現れた叔父は苦々しげにそう言い放った。

病院のロビーで、茜は叔父からすべてを聞いた。

父が京都で有名な絵師の家系の人間であったこと。天涯孤独の身の母と京都で出会って、家のすべてを捨てて東京へ逃げ、そこで結婚したこと。七尾《なお》は母の名字で、父が捨てた名は「東院《とういん》」ということ。

東院という一族は、古くは御所《ごしょ》の宮廷絵師として、また江戸時代には幕府の御用絵師としても様々な仕事を請《う》け負っていたそうだ。同じ名字の親戚や分家も多く、それぞれの商売や邸の様子に従って屋号と呼ばれる呼び名を決める。

父の実家も分家の一つだ。広い庭に美しく瑞々《みずみず》しい笹がたくさん茂っているから、『笹《ささ》庵《あん》』と呼ばれていた。

病院のロビーで、笹庵の叔父は終始不機嫌そうな顔を崩さなかった。

「――どこのものとも知れん女と駆け落ちやなんて。恥ずかしい」

茜とすみれの前で、叔父はそう吐き捨てた。細面《ほそおもて》だがぎょろりと目の大きい人で、額にいつも皺が寄っている。厳格さを顔に表したような人だった。

茜の目の前が真っ赤になる。血が滲《にじ》むほど唇を噛みしめた。

あの瞬間の怒りを、茜は一生忘れないだろう。

茜の短い人生で覚えたあらゆる罵倒《ばとう》を、喉《のど》の奥でなんとか押しとどめられたのは、笹庵の家が茜とすみれの面倒を見ると言ったからだ。

身寄りのない子どもを二人で施設に放り出すのは、外聞が悪い。叔父は茜の前で憚《はばか》ることなくそう言った。

これから茜とすみれには何の支えもない。叔父が金を出してくれなければ、父の葬式すらしてあげられない。

茜は隣で、父が死んだことも飲み込みきれていないすみれの手を、ぎゅっと握った。

あの時茜は決めたのだ。

茜にはもうすみれしか残っていない。幼い妹を守ることがそれからの茜の全部だった。

父の葬儀は冷たい言葉であふれていた。

「ほら、樹さんて、ようわからへん娘さんと、どっか行ってしもたっていう」

「えらい阿呆なことしはったわな」

「あの子らが娘さんやて。お姉ちゃんの方は、結婚が先なんか赤ちゃんが先なんかわからへんのやろ」

息が詰まるような空間で茜はすべてを飲み込んで、すみれの手だけを握って過ごした。

葬式からすぐあと、茜とすみれは上七軒から御所南《ごしょみなみ》にある笹庵の家へ越した。

いらないものはすべて処分しろと叔父は言った。

父と母の位牌《いはい》とアルバム、茜が頼み込んでもぎとった父の掛け軸が一つ。思い出はこれだけになった。

目の前でダンボール箱に詰められて処分されていく、父の服や靴や本を、茜もすみれもたまらない思いで見ていた。

笹庵の庭は確かに美しかった。背の低い笹が同じ高さで切りそろえられ、白砂《はくしゃ》の敷かれた中庭の奥には茶室があり、ちょうど良いあんばいに石や岩が配置されていた。そばの桜の木からはらはらと花びらがこぼれ落ちている。

笹庵の静寂《せいじゃく》を、よく表しているようだった。

笹庵の家に住んでいるのは叔父と叔母《おば》、ほとんど姿を見せたことのない祖母だけだったが、人の出入りの多い邸だった。毎日ひっきりなしに客が訪れるわりには、いつも整然として静かだったのを覚えている。

すみれは父が死んだ日と同じような雨の日に、時折泣くようになった。父が恋しいと泣くすみれを、茜はあの静寂の邸の中で、声を上げないでくれと抱きしめるしかなかった。

叔父も叔母も、大きな声で話す人や子どもが泣きわめくのを嫌がる人だったから。

あの家に、茜とすみれの味方は誰もいなかった。

茜とすみれはその中で、息を潜めるように過ごしてきたのだ。

「――なんで引き取ったんや」

「あの子らは、兄さんの間違いや――」

時折聞こえるささやき声を、聞かないふりをしながら。

しゃくりあげながらすみれはぐすぐすと続けた。

「……聞かれたら、お父さんの絵、捨てられちゃうと思ったの」

叔父は父を毛嫌いしていて、邸の中で父の話題を出すことも許されなかった。知られたら捨てられる。だからすみれは、半年間自分の胸の中に秘密を隠し続けてきたのだ。

茜は胸の中で泣き続けるすみれを、精一杯抱きしめた。

「……ごめんね」

茜がすみれを守りたいと思っていたように、すみれもあの静寂の邸の中で精一杯戦っていた。

茜は唇を噛みしめた。すみれが安心して笑っていられる場所を、わたしは作ってあげられなかった。

ぐすぐすと泣いたままのすみれをなだめていると、上から戸惑ったような声が降ってきた。

「……妹は、大丈夫なんか」

顔を上げると、青藍はぎしっと硬直したまま視線だけをわずかに泳がせている。

「そんなに泣いて……目、とけてしまいそうや」

本当に心配しているようにそう言うものだから。そんな場合ではないのに、茜は思わず笑ってしまった。

「すみれのそばに、少しだけいてくれますか」

見上げると青藍はむすりとした顔のまま、それでもすみれの手からその袖を引き抜こうとはしなかった。

「雨が止《や》むまでや……」

茜がきょとんとする。青藍がふん、と鼻を鳴らした。

「妹、雨嫌いなんやろ」

ああ、良かった。茜は息を吐き出した。その青藍の不器用な優しさを、たぶんすみれは信じたのだ。

この人のそばなら大丈夫だと、妹がそう思えたことが茜にとっては何よりうれしかった。

3

その夜、仕事から戻ってきて食堂に顔を出した陽時《はるとき》が、その目をこぼれ落ちんばかりに見開いた。

「うそだあ、青藍《せいらん》がいる」

「……やかましい」

青藍はその縦《たて》に長い体を丸めるようにして、居間のソファに居心地悪そうに収まっていた。その横ですみれが、テレビのバラエティを見ながらはしゃいでいる。

信じられないものを見たような目をして、陽時がこそこそとキッチンの茜《あかね》のそばに寄ってきた。生成《きな》りのジャケットに濃いブラウンのスラックスを合わせている。

「何の魔法使ったの？　あいつがこんな時間にテレビ見てるとか、初めて見たんだけど」

結局あのあと、すみれは青藍のそばから離れようとしなかった。茜が買い物に行っている間も面倒を見てくれていたと言うと、陽時はいっそ恐ろしいものを見るような目で、青藍を見つめていた。

「今、晩ご飯作ってるんですけど、陽時さんも食べますか？」

「食べる食べる。おれも手伝うよ」

陽時はジャケットを脱いで椅子に引っかけると、シンクで手を洗った。まな板と包丁を引っ張り出して、茜が並べておいた野菜の中からにんじんを手に取る。

「野菜切るぐらいならおれでもできるはず。……包丁とか何年ぶりかわかんねえけど」

こっそり付け足されたその不穏な一言に、茜は卵をかき混ぜていた手を止めた。

だんっと音がして、すみれと青藍が同時にこっちを振り返ったのがわかった。まな板で何かを切ったにしては、勢い余りすぎる音だ。茜はおそるおそる隣を見た。

「陽時さん、すごい音しましたけど……」

「大丈夫だって。なんか、どうにか切ったらいいんでしょ」

これは絶対になんとかもどうにかもできそうにない。茜は内心で頭を抱えた。使われていないキッチンと、ほとんど空だった冷蔵庫を目にした時点でわかっていたはずだ。

せっかくのきれいなキッチンを荒らされてはたまらないし、食材をめちゃくちゃにされて無駄になるのはもっといただけない。

茜はきっぱりと言い切った。

「お手伝いは大丈夫です」

自分でも声の温度が下がったのがわかる。

すみれがぱたぱたと駆けてきた。陽時のシャツの袖《そで》をくいくいと引っ張る。

「茜ちゃん怒ってるよ。時々すごく怖いんだ。お父さんも怒られてしゅんってなってた」

陽時がちらっとこちらをうかがうのがわかった。

「……おれも気をつけるね。ありがとう、すみれちゃん」

「すみれに、なんでも聞いていいよ」

ふふ、とすみれがくすぐったそうに微笑んだ。陽時がとろけそうな笑みを返す。

「じゃあ、茜ちゃんは何のお料理が得意なの？」

「なんでもおいしいよ。でもすみれは卵焼きがすき。お店で出してたんだよ」

「すごいね……！」

二人とも目をきらきらと輝かせて、茜の手元を見つめている。子どもが二人いるみたいだった。

元々茜は料理が好きだった。母が死んで、父とすみれの三人になってからは、料理の苦手な父に代わって、必然的に茜の仕事になった。上七軒《かみひちけん》の家でも父やすみれが話す声を聞きながら食事を作るのは、茜の大好きな時間だったのだ。

思い出すと懐《なつ》かしくて少しさびしい。けれど心のどこかがほっとあたたかくなる。

フライパンで卵をくるくるとかき混ぜながら、茜は顔を上げた。

「陽時さんたちは、いつもご飯とかどうしてるんですか？」

「出来合いか出前。おれは外食が多いかな。朝は泊まったとこの女の子が作ってくれるから、あんまり困ったことないし」

女の子、と茜は聞き返しそうになった。

確かにこの容姿と明るさなら、放ってはおかれないだろう。なんとなく気まずくて押し黙った茜の代わりに、すみれが素直に問うた。

「陽時くんは――」

「すみれ。〝陽時さん〟だよ」

茜は慌《あわ》てて顔を上げた。昨日会ったばかりの年上の人だ。

「いいよいいよ。おれ陽時くんね」

くすぐったそうに陽時が笑う。機嫌を損《そこ》ねたのでないならいいけれど、と茜が息をついた次の瞬間。

「陽時くんは、女の子のお友だちがいっぱいいるの？」

「すみれ……！」

今度こそ茜は絶句した。

ははっと軽く笑った陽時は、すみれを抱えてひょいと椅子に座らせてくれる。その隣の木の椅子に腰掛けて頬杖《ほおづえ》をついた。

「いるいる。おれ人気者なんだよ」

「すごい……！　モテモテ？」

「うん。でも浮気とかじゃなくて、ちゃんとみんなお友だちとして――」

「――陽時」

陽時の声を遮《さえぎ》るように、低い声が飛んだ。青藍がじろりとこちらを睨《にら》み付けている。目だけですみれを示した。

小学生相手に余計なことを言うなとその目が語っている。

「はいはい、ごめんって」

陽時が肩をすくめてそう言うものだから、茜とすみれは目を合わせて二人で笑った。

食堂のテーブルに鍋敷きを置いて、仕込んでいた土鍋を乗せた。大きな土鍋の中には、ふろふき大根がくつくつと煮立っている。甘めのそぼろ餡《あん》をかけて食べるのが七尾《なな お》家流だった。

それからトマトソースで炒《いた》めたご飯の上に、ふるりと震える黄金色の卵を乗せる。真ん中からナイフで切り開くと中がとろりと広がった。

「茜ちゃんのオムライスは、お店で一番人気だった！」

すみれが一生懸命胸を張った。

陽時が大きな口で咀嚼《そしやく》して、ぱっと顔を輝かせた。

「うん。とろとろですごく美味《うま》いよ。お店で一番人気になるだけある」

おいしそうにご飯を食べる人だな、と茜は思った。自分の料理を気持ちよく食べてくれるのはうれしい。それに褒《ほ》め方もそつがないから、女の子の友だちがたくさんいるのもうなずける。

「元々お母さんの得意料理だったんです。お父さんはコーヒーを淹《い》れるのは上手だったけど料理はあんまりだったから。わたしが手伝ってお店で出してたんです」

あっという間に半分ほどオムライスを片付けて、陽時が笑った。

「そっか。じゃあ茜ちゃんの料理は、お母さんの味だね」

どこかくすぐったい気持ちで、茜は微笑んだ。

茜がちらりと青藍をうかがうと、無言で黙々と口に運んでいる。黙って食べてくれるだけ、口に合わないということはないのだろう。

そういえば、と茜は陽時の方を向いた。

「陽時さんも絵師さんなんですか？」

陽時がきょとんとした。青藍の仕事仲間だから陽時も絵師だと思っていた。そう言うと、陽時は首を横に振った。

「違う違う。おれは絵具屋」

紀伊《きい》家は元々、古い東院《とういん》家の分家で大阪の絵具商だ。だから日本画を扱う東院家や、絵師の青藍とも繋《つな》がりが深い。

かつては御用聞きのように職人たちの家を回っていたが、今は東京や京都に画材屋をもち、小売りが主軸になっているそうだ。

「青藍は外に出るのが嫌いだから、おれが補充してやってんの」

茜は納得した。青藍と陽時の間には気の置けない関係があると思う。互いに遠慮がない気がするからだ。あの部屋の紙や絵具を陽時が管理しているなら、お互い信頼し合っているのだろうと、茜は思った。

すみれが口いっぱいに頬張ったオムライスをなんとか飲み込んで、ぱっと笑った。

「青藍と陽時くんは、なかよしなんだね」

陽時が目を剝《む》いて、青藍がこの世の終わりかというぐらいの嫌そうな顔をした。

「……腐れ縁や」

青藍が絞り出すようにそうつぶやいた。

陽時がごちそうさま、と手を合わせる。その後少しむっとした顔ですみれを見た。

「すみれちゃん、おれは『陽時くん』で青藍は呼び捨てなのなんで？　おれもいいんだよ、呼び捨てで」

そこは茜も頭の痛いところだった。茜が買い物から帰ってきたら、すみれがもうそう呼んでいて、あとは何を言っても直そうとしない。

ふふ、とすみれが笑う。

「青藍は、とくべつ」

青藍が大きな手で口元を覆《おお》った。それから、妙に勝ち誇った顔をしていたのがおかしい。

そんな青藍に陽時が抗議して、すみれの笑う声が聞こえる。口数は多くないけれど、青藍の低く通りの良い声がぽつぽつと響いて。

茜はくしゃりと笑み崩れそうな顔をなんとか保つだけで、精一杯だった。

——だってこんなの、家族みたいだ。

4

離れに戻った茜《あかね》は、スマートフォンで時刻を確認した。夜の十一時半。パーカーに着替えてスニーカーに足を突っ込んだ。

部屋の奥を確認する。すみれはすやすやと寝息を立てていた。

休みは今日までで、明日からまた学校に行かなくてはいけない。だから上七軒《かみひちけん》の店まで行くなら今夜しかないと思った。

平安神宮《へいあんじんぐう》の横を通り抜けて地下鉄東山《ひがしやま》駅へ。太秦天神《うずまさてんじん》の駅を下りたらバスの運行は終わっていた。あとは歩くしかない。北へ向かってぽつぽつと歩き続けた。

京都の夜は早い。何台かのパトカーがサイレンを鳴らしながら、せわしなく通っていく。それが過ぎるとまたしん、と静かになった。

雨上がりの夜はぐっと冷え込む。もうひと月もすれば紅葉《もみじ》が真っ赤に色づくだろう。四年目の京都の秋だ。

去年の秋は、隣の父がいなくなるなんて、考えたこともなかった。

さびしさをこらえるように、茜は前に向かって歩き続けた。

茜が北野天満宮《きたのてんまんぐう》にたどり着いた時には、午前一時を回っていた。

京都には五つの花街《かがい》がある。祇園甲部《ぎおんこうぶ》、祇園東、先斗町《ぽんとちょう》、宮川町《みやがわちょう》、そして上七軒だ。

この時間は舞妓や芸妓が茶屋と座敷を行き来するタクシーが、黒い影のように走っていく。

御手洗団子《みたらしだんご》の紋章が入った提灯《ちょうちん》が、ぽつり、ぽつりと灯っていた。

どこかで三味線《しゃみせん》の音がする。さざ波のような笑い声。座敷を出てバーに入る人たちの姿も見えた。

この古く美しい街で、父の喫茶店の評判は悪くなかった。古い茶屋を改装した、間口の狭い喫茶店だ。店番をしていると、千本格子《せんぼんごうし》の向こうに舞妓や芸妓が稽古《けいこ》に向かう姿が見えることもあった。

たった三年の穏やかな生活だった。

茜は父の店の前に立った。看板は取り外され、テナント募集の張り紙がされている。裏に回ると勝手口があって、その隣の窓の鍵が壊れているのを茜は知っていた。そこから手を伸ばして、勝手口の鍵を開けて中に入る。後ろ手に鍵をかけて、茜は店の中を見回した。

外からの光でぼんやりと照らされた喫茶店は、茜の覚えているそのままだった。

開けるとからからと鳴るドアベルも、千本格子をはめた小さな窓も。店の奥の階段からは、二階の住居へ上がることができる。勝手口の脇から細長いカウンターが伸びていて、その中にいつも父がいた。

たった半年しか経《た》っていないのに、懐《なつ》かしさと切なさで胸が潰《つぶ》れそうだった。

茜は小さく首を振った。感傷に浸《ひた》っている時間はなかった。

カウンターの横にドアがあった。その奥は三畳ほどの狭い倉庫に続いている。この店になる以前は小料理屋で、その時厨房《ちゅうぼう》として使われていた場所だ。壁面を大きな食器棚が占めていた。

茜はフロアから椅子を一つ引きずってきた。上にのぼって手を伸ばす。

すみれが教えてくれた通り、食器棚の上部は二十センチほどの幅で、帯のような飾りがぐるりと取り巻いていた。

店にいた時は凝《こ》った造りだとしか思わなかったのだが、そこが天袋だったということに、父は気づいたらしかった。

「……ほんとだ」

触るとかたりと帯の端が開いた。よく見ると指を引っかける窪《くぼ》みも彫り込まれている。

天袋の奥に手を突っ込むと、指先に触れるものがある。苦労して引っ張り出すと、一抱《ひとかか》えもある平たくて大きな菓子の箱だった。

心臓が高鳴った。

これには見覚えがある。父がいつも画材を入れていた箱だ。

「……あった」

茜が箱を抱えて、倉庫から出た時だった。

——かた。

茜は顔を上げた。ぎゅっと箱を抱え込む。

誰かいる。フロアのテーブルの下に黒い影が見えた。

喉《のど》が引きつって悲鳴も出ない。体がこわばる。勝手口の内鍵を開けて外に駆け出す、という選択肢も頭の中になかった。

男だった。ずんぐりとしていて、ぎらぎらとした目が嫌な光を孕《はら》んで、じっと茜を見つめている。

叫べば誰か来てくれるはずだ。この街は夜が遅いから。そう思うのに声が出ない。頭の隅に、さっき通り過ぎたパトカーと、「空き巣」という言葉がちらついた。

荒い息づかいが近づいてくる。

カウンターを背にずるりと座り込んだ。

「──ひっ……！　や、やだ！　やだ！　来るな！」

喉のつかえが取れた瞬間、こぼれたのは悲鳴だった。こわばった体のまま、箱を抱えてずるずると後ろに下がる。これだけは離すものかと、足をばたつかせながら抱きしめた。

ぎらぎらとした目が、もう目の前にあった。

その瞬間、勝手口の扉がドンっと震えた。

「──はよ壊せ、陽時《はるとき》！」

青藍《せいらん》の声だ。

反射的に体を伸ばして勝手口の内鍵を開けた。外向きに開く勝手口が、思い切り引き開けられる。仰向けに転がり出た茜を、大きな手が引っ張った。

「陽時、中。何かいてる！」

「お前も手伝えよ！」

ばさっと何かが茜に上に被《かぶ》さって、大きな手がするりと離れていく。目の前で勝手口が乱暴に閉まった。

がた、がたん、と中で音が聞こえる。何事かと周りの店の勝手口が開いて、それぞれ様子をうかがっているのがわかった。

茜の頭を覆《おお》っているのは、大きなジャケットだった。青藍の部屋で炷《た》かれていた涼やかな薫《かお》りがする。茜は無意識にジャケットの袖《そで》を握りしめていた。

しばらくして勝手口が開いて青藍が顔を出した。中で陽時がスマートフォンで誰かと話しているのが聞こえた。たぶん警察だろう。

青藍はシャツにスニーカーという出立《いでた》ちだった。それだけでずいぶん若く見える。この人、洋服も着るんだと場違いながらにそう思った。

陽時を中に残して、青藍が茜の前にしゃがんだ。

「……お前の妹が人の部屋に突っ込んできて、泣きわめきよる。起きたらお前がおらへんてな」

それで陽時と二人で探しに来てくれたのだ。洋服に着替えて来たのは、探し回るのに着物だと動きづらいからだと気がついた。

茜は唇を嚙んだ。

「……すみません……ご迷惑をおかけしました」

一人で行って何事もなかったかのように帰るつもりだった。

茜がおそるおそる顔を上げると、青藍の額《ひたい》に皺《しわ》が寄っていた。険しい顔でじっと茜を見つめている。

今朝、青藍を初めて見た時の、あの険のある表情だった。

また怒らせてしまった。胸の奥がぎゅうと痛くなる。

茜たちが警察署から帰してもらったのは、夜明けに近い時間になった。青藍はあれから一言も口をきかず、自分の部屋にさっさと戻ってしまった。

邸《やしき》の母屋《おもや》ではすみれが居間で一人で待っていて、茜を見るなり駆け寄ってきた。気が抜けたのか、そのまますぐにソファで寝落ちしてしまう。

「今日は学校は欠席ですね……」

夜明け前の食堂で、茜は小さくため息をついた。窓の外は藍《あい》色がじわりと淡い紫に変わっていく頃合いだ。

「……怒ってますよね、久我さん」

「そうだね」

ソファに座った陽時の声も心なしか冷たい気がする。いつも笑顔の人の真顔は、それだけでひどく寒々しく感じた。

「茜ちゃんは、青藍がどうして怒ってると思う？」

「……わたしのせいで青藍さんにも陽時さんにも、ご迷惑をおかけしました」

笹庵《ささあん》の家ではそうだった。叔父《おじ》の仕事の邪魔をしてはいけない。家のものの手を煩《わずら》わせてはいけない。

「警察まで一緒に来てもらって……本当に申しわけないです」

「そんなのたぶん、青藍はなんとも思ってないよ」

陽時に見つめられて、茜はなんだかいたたまれなくなった。陽時も本当に怒っているとわかったからだ。つうっ、と嫌な汗が背筋を伝った。

でも、だったらどうしたら良かったのだろう。

青藍と陽時がどうして怒っているのか、茜にはわからない。気持ちだけが焦《あせ》る。

泣きそうな顔で戸惑《とまど》っている茜の背を、立ち上がった陽時が優しく押した。

「あいつまだ寝ないと思うから。すみれちゃんは、おれが見てる」

青藍のところへ行けということだ。茜は二、三歩、たたらを踏むように歩いた。

「茜ちゃん」

呼び止められて振り返る。陽時がどこか遠くを見るような目でつぶやいた。

「おれはさ、青藍が茜ちゃんとすみれちゃんを引き取るって決めたこと、本当に良かったと思ってるんだ」

「それは、引き取ってくださって感謝して――」

「違うよ」

陽時が見ているのは青藍の離れだ。茜はそう思った。

「青藍にとってもだ。あいつはこれから、ゆっくり人間らしく……優しくなっていくんだと思う」

茜はわずかに眉を寄せて、首をかしげた。

青藍は人嫌いで変人だという。笹庵の親戚は皆、青藍のことを話す時に眉間《みけん》に皺が寄っていた。

自分も最初は怖いと思っていたけれど、本当は全然違ったのだと茜は思う。

「久我さんは、元々優しい人ですよ」

茜がそう言うと、陽時がふわりと微笑んだ。泣いてしまいそうなほど切なく、けれどあたたかな微笑みだった。

「うん。茜ちゃんの言う通りだ——やっぱり君たちが来てくれて良かった」

陽時がソファから立ち上がる。大きな手が、ぽんと茜の頭に乗った。

「——茜ちゃん」

見上げた先で陽時が困ったように笑っている。

「ここはまだ、他人様《ひとさま》の家なの？」

それはさみしいよ、と陽時がそうつぶやいた。


寝ていますようにと祈る気持ちで、茜は青藍の仕事場の外から声をかけた。寝ていなくても、応《こた》えてくれないかもしれない。そう思うと胸が痛い。

障子戸《しょうじど》を引き開けて青藍が顔を出した時には、どうしてだかほっとした気持ちと、そのあと一瞬で跳ね上がった緊張感で、心臓がおかしくなったかと思った。

現れた青藍の顔は、最初に顔を合わせた時のように不機嫌そうだった。

「何の用や」

茜はすみません、と小さくつぶやいた。

どうしていいか、ここまで来ても茜にはよくわからなかった。

でも青藍はたぶん怒っている。

――ふいに、ここを追い出されるかもしれないと思った。

この人たちには、外聞を気にする笹庵の家と違って、茜とすみれの面倒を見る理由はないのだ。いつだって茜とすみれを手放せる。

それはとても怖いことのように思えた。

「……何が、だめでしたか」

結局聞くことができたのはそれだけだった。震える声で続ける。

「わたしたち、出ていった方がいいですか……？」

告げられる前に自分で切り出した方が、少しは気持ちが楽かもしれないと思った。

「それで、ぼくが出ていけ、言うたらどうするんや」

青藍の声がぐっと低くなった。青藍の黒曜石の瞳が煩わしそうに自分を見ているのかもしれないと思ったら、怖くてたまらなかった。

「――茜」

青藍が茜の名前を呼ぶのは初めてだった。思わず顔を上げた先で、青藍がじっと茜を見下ろしている。

険のある顔ばかりが印象的な青藍の口元が、わずかに緩んで笑っていた。少し困ったように。けれど仕方のないやつだと言わんばかりに。

茜は目を見開いて、慌《あわ》てて顔を伏せた。

そんな顔で見られているなんて思いもしなかった。青藍が父の絵や色とりどりの布や紙を見ている時と同じ——そんな愛《いと》おしいものを見るような目で。

この人は優しい人なのだと、わかっていた。

父の絵を大切に扱って直してくれた。すみれの手を雨が止《や》むまで握っていてくれた。

——茜のことを、助けに来てくれた。

「茜はどうしたいんや」

茜は唇を結んだ。

家族が欲しかった。

一緒にご飯を食べて冗談を言い合って。そうして不安な夜には大丈夫だと、そう言ってくれる人がいる。

茜はずっと、そんな家に帰りたかったのだ。

「……ここにいたいです」

口からぽろりとこぼれ落ちた。それが本心だった。

頭の上で青藍の静かな声が聞こえた。

「そうか」

朝焼けの光の中で、黒曜石の瞳がすっと細くなる。青藍が不器用に微笑んだのだとわかった。

「――おかえり」

板間の床にぱたぱたと、自分の涙がこぼれ落ちるのを、茜はじっと見つめていた。

「お前が妹を心配するのと同じで、ぼくたちも……家族を心配する」

うん、うんと茜は何度もうなずく。

「……ごめんなさぃ……」

すみれのように泣いて。青藍の大きな手が頭を撫《な》でてくれるのが、とても心地良かった。

散々泣いた茜は、部屋を出ていった青藍をぼうっと見送った。目の奥がずんと重い。こんなに泣いたのは父の葬式以来だった。

ぐったりと椅子に座ってぼんやりしていると、茜の前に大きなマグカップが差し出された。見上げると青藍が明後日《あさって》の方を向いて立っている。

茜のために緑茶を淹《い》れてくれたのだ。湯気の立つ湯飲みを受け取って、こぼれそうになる涙をこらえた。一度決壊した涙腺《るいせん》はゆるゆるだ。

青藍の緑茶は、ほとんど味も香りもない。ああ下手《へた》くそだなあと思って、また笑った。

「久我《くが》さん……不味《まず》いです」

「やかましい」

青藍がふん、と鼻で笑ったのが聞こえた。

5

――なんだかひどくまぶしくて、茜《あかね》はゆっくりと瞼《まぶた》を上げた。

ふかふかの布団の上で、何かにくるまるように眠り込んでいたらしい。ぼんやりと周りを見回して首をかしげた。見知らぬ部屋だった。

障子《しょうじ》の向こう側が橙色《だいだい》に染まっていて、窓の隙間《すきま》から夕日が差し込んでいる。

ずいぶん寝てしまったと、茜はぼんやりする頭を軽く振った。涼やかな香の薫《かお》りがする。

「……起きなくちゃ」

誰にともなくつぶやいて、顔を上げた先を見て、茜は息を呑んだ。

桜の木がそこにぽつりと立っていた。

「え……」

目の前に広がるそれは木の板に張られている大きな絵だった。障子二枚分程の大きさで真ん中に、天に向かってゆるりと枝を伸ばす桜の木が描かれている。

庭にあった、季節外れの花を咲かせていた桜だと、茜は気がついた。

絵の中の桜には一輪の花もない。墨一色だけで描かれているからだろうか。妙にさびしく、けれどぐっと引きつけられる。

ふと振り返ると青藍《せいらん》の仕事部屋が見えて、茜は我に返った。どうやらここは、青藍の私室らしい。

ばたばたと食堂へ駆け込むと、居間には明かりがついていた。

キッチンからコーヒーを持って出てきた陽時《はるとき》が、きらきらと光を振りまくような笑顔で言う。

「おはよ、茜ちゃん。よく寝られた?」

昨夜の冷たさはどこにも残っていなくて、茜は少しほっとした。

「すみません。わたし久我さんの部屋で寝ちゃってたみたいで」

陽時が肩を震わせた。

「起きたら青藍がここで寝ててびっくりした。さすがに女子高生と一緒に寝るわけにはいかないもんねー、青藍」

　陽時がからかうようにソファに向かって声をかける。青藍がじろりと陽時を睨《にら》み付けた。

　茜は青藍に向かって頭を下げた。

「……すみません。お部屋お借りしてしまって」

　青藍は不自然に体をひねって、無言でうなずいた。どうかしたのだろうかと思ったら、ソファの向こうですみれがぱっと顔を上げた。

「茜ちゃん、こっちだよ」

　どうやらソファに座った青藍の足元に、すみれが体を埋《うず》めているらしい。そのせいで青藍は身動きがとれないらしく、すみれが身じろぐ度《たび》に、大きな背がびくっとしているのがおかしかった。

　卓の上には昨日茜が持ち帰った箱が開けられていた。

「お父さんが隠したかったのは、たぶんこれだね」

　陽時が箱の中から小さな瓶や袋を取り出して、卓の上に並べた。

「天然の岩絵具だよ。水銀なんかの有毒物質が入ってるものもある。すみれちゃんがまだ小さいから、手の届かないところにしまったんだね」

　陽時がくすりと笑った。

箱の中には父の絵がたくさん収められていた。描いているところを見たことがあるものもある。掛け軸以外で久しぶりに見る父の絵だった。

鴨川《かもがわ》や大文字《だいもんじ》送り火、三人で遊びに行った祇園祭《ぎおんまつり》。母の墓がある東山《ひがしやま》、夏休みに泊まりに行った貴船《きぶね》の涼やかな景色。

そこには父との思い出があふれていた。

「ええ絵やな」

青藍がぽつりとそう言った。

箱の一番底に、一幅《いっぷく》の掛け軸がしまい込まれていた。するりと広げると、茜たちが持っていたものと同じ、くすんだ黄緑の裂《きれ》の天地と草色の中廻《ちゅうまわ》し。朱色の風帯《ふうたい》が見えていた。

「これが、あの木と雀《すずめ》の絵の対幅《ついふく》になるんですよね」

茜はすみれと顔を見合わせて、本紙《ほんし》をそっと広げた。

真っ白な地に細い木の枝が左から、ついと伸びている。あの絵の続きだ。そこにふくふくとした小さなひな鳥が、二羽止まっていた。

片方は少し大きくて、互いに身を寄せ合うように並んでいる。

片方は青みがかった濃い紫。春の野に揺れる小さく可憐《かれん》な花の色だ。もう片方は日が沈む直前、広い空を染める鮮やかな赤。

「菫色《すみれ》と、茜色やな」

青藍が言った。陽時が肩を震わせて笑う。

「茜ちゃんとすみれちゃんだね」

青藍が持ってきてくれていたもう一幅を、隣に広げる。

空に向かって伸びるがっしりとした一本の木。それに身を寄せる雀。その枝は右側の対幅に繫《つな》がって、小さなひな鳥が身を寄せ合っている。

茜は木と雀を指先でなぞった。

「……こっちは、お父さんとお母さんだったんだ」

すみれがふふと笑った。

「元気そうだね、二人とも」

二つの掛け軸がそろって、左側の木も雀も心なしか明るく見える。茜はこぼれ落ちそうになるものをこらえながら、ゆっくりうなずいた。

その夜、茜が母屋《おもや》の風呂を使って掃除までして上がったころ。廊下で青藍とばったりでくわした。すみれの後に風呂を使った青藍は、紫紺《しこん》の浴衣《ゆかた》に着替えている。

手に一升瓶とお猪口《ちょこ》を持っているのを見て、茜は「あっ！」と小さく叫んだ。青藍が鬱《うっ》陶《とう》しそうに眉をひそめた。

「やかましい」

「……すみません」

　一度謝って、おそるおそる顔を上げた。

「でも心配です。あと頭痛も治らないと思います」

　青藍がきゅっと眉を寄せる。せめて何か一緒に食べてほしい。そう訴えると、茜の目に負けたのだろう。小さなため息が聞こえた。

「肴《さかな》」

「へ？」

　顔を上げる。青藍がそっぽを向いていた。

「肴があったらええんやろ。作れ」

　猪口を持った手で食堂を指す。茜は慌《あわ》ててキッチンへ駆け込むと、冷蔵庫を開けた。

「日本酒って、何が合うんですか？」

「知らん」

　まさかこの人、今までずっとつまみなしで飲み続けてきたのだろうか。想像するだけで胃のあたりが痛くなる。

「……さんは」

野菜室をあさっていた茜は、顔を上げた。

「何か言いました？」

「……月白《つきしろ》さんは豆腐が好きやった」

「月白さん……前にいた方ですか？」

そういえばここも月白邸というのだったか。

青藍はそれには答えずに、つい、と冷蔵庫を指差した。早く作れと言いたいのだろうか。

「豆腐に、生姜《しょうが》とか、味噌とか……なんだかそういうのを、どうにかしたはった」

陽時といい青藍といい、料理の過程を知らないのだろうかと思う。茜は豆腐を引っ張り出して、野菜室からいくつか薬味を見繕《みつくろ》った。

青藍が無言でうなずいた。

居間のソファで待っていてくれればいいのに、陽時と一緒で、対面式キッチンの向こう側でじっと茜の手元をのぞき込んでいる。

針生姜とアサツキ、生姜はみじん切りも用意して、味噌とネギと一緒によくたたく。

「……久我《くが》さん、見てて面白いですか？」

「面白い」

　はっきりと青藍が言うから、茜の方が戸惑《とまど》った。

「たくさんのものを一つにして、違うものに作り替えるのは面白い。絵と似とる」

　目を輝かせて、じっと茜の手元に集中しているようだった。額《ひたい》の皺《しわ》が取れると、大きな子どものような印象だ。

　ふいに、青藍が茜をじろりと見つめた。

「茜、それなんとかしろ」

「それ？」

「……陽時は名前で呼んでる」

　数秒考えて、もしかして呼び名のことか、と茜は目を瞬《しばた》かせた。そういうことを気にするようにも思えなかったからだ。

「……いいんですか？」

　おそるおそる聞いてみる。青藍が無言で、ほんのわずかだけうなずいたように見えた。

「青藍さん……」

　口に出してみて、うわ、と茜は思わずうつむいた。一生懸命包丁を動かしているふりをする。

　どうにも気恥ずかしい。

それを見て青藍が口元に笑みを刷《は》いていたことに、茜は気がついていなかった。

薬味と味噌をたっぷり乗せた冷や奴《やっこ》を、水を入れた水差しと一緒に、盆で青藍に渡した。

「ほどほどにして寝てくださいね」

返事はなかったから、もしかしたら今夜も絵を描くのかもしれない。いつか描いているところを見せてもらえるだろうか。

この人の手で描かれた絵を見てみたい。

さっき料理の手際《てぎわ》を見ていたような、あれより何倍も真剣な目で、絵に向かうのかもしれない。

ふと茜は思い出した。

「あのお部屋にあった桜の絵、青藍さんの絵ですか？」

青藍が立ち止まった。

茜ははっとした。青藍が、あの秋に咲く桜の下でたたずんでいた時の、とてもさびしい目をしていたから。

「――昔ここに、月白いう人がいた。名のある絵師やった」

ある日、と青藍は続けた。

「子どもを一人引き取ってきはった。それをこの邸《やしき》に置いてみたけど誰とも関わろうとせず邸の中に引き込もって絵ばかり描いてた」

茜は黙ったままじっと青藍を見つめている。

満月を一つ二つ過ぎた月の、ほの青い月白《げっぱく》の光が降り注ぐ。

「月白さんはそのしょうのない子どもに、人生最後の課題を遺《のこ》さはった。障子絵や。墨で桜の木の絵を描いて——あとをお前が完成させろと」

青藍の目が細くなる。

「せやからぼくは、あの絵を完成させんとあかんのや」

茜は最初青藍に会った時、どれが本当の青藍か不思議に思ったことを思い出した。

茜たちを家族と言ってくれる優しい人で、人嫌いでそばに誰も寄せ付けない時もある。

けれど、あの桜の下でさびしそうに月に手を伸ばしていたあの人が——今、月白のことを語っている、この捨てられた子どものように不安そうな目をする人が。

きっとこの久我青藍という人の本質なのだと。茜はふとそんな風に思ったのだ。

二　緋色の恋心

1

十一月まで、もうあと数日というその朝。

茜《あかね》は離れで、ダンボール箱から薄桃色のコートを引っ張り出した。祈るような気持ちですみれに渡す。

「……どう?」

袖《そで》を通したすみれが、困ったように腕を上下に振った。

「茜ちゃん、すみれ、肩がビンってなる」

やっぱりそうかと茜はうなだれた。見た目にも、袖も丈《たけ》も足りていない。

去年から今年にかけて、すみれはずいぶんと背が伸びた。夏のTシャツも来年は買い換えかと思っていたらこれだ。

茜は丈の足りないコートと、卓の上に広げられたプリントを見つめて頭を抱えた。すみれの小学校からのお知らせで、算数の授業で使う教材を買い足してくれという内容だ。

つまるところ、お金がない。

茜とすみれは半月ほど前に、この月白邸《つきしろてい》へ引き取られた。

家主の久我青藍《くがせいらん》は、変人で人嫌いの天才絵師だ。そして茜とすみれを家族だと言ってくれた優しい人でもある。

青藍と、月の半分以上泊まり込んでいる、仕事仲間の陽時《はるとき》。そして離れに住む茜とすみれ。四人の月白邸での生活は、深い秋を迎えようとしている。

月白邸の食事は茜が担当している。広い食堂に、スライスした丸太を並べたような大きなテーブルが二つ。その上には今日の夕食が並んでいた。秋刀魚《さんま》の塩焼きとだし巻き卵、味噌汁に南京《なんきん》の煮付け、水菜のたき物。つやつやの米は今年の新米だ。

茜が月白邸の食事を作り始めてから、ダンボール箱で勝手に旬の食材が届くようになった。不気味に思って陽時に聞いたら、知り合いの農家がわけてくれているのだそうだ。

その夕食の席で、茜は折を見て切り出した。

「――アルバイトがしたいんです」

大根の葉がたっぷり入った味噌汁をすすっていた陽時が顔を上げた。

「えっ、やめときなよ」

「でも、なにかと入り用なので……」

茜はうつむいた。

春に亡くなった父の貯金と保険金だけが頼りだが、ほんのわずかな蓄《たくわ》えだ。店を売ったお金は、どういうわけか茜とすみれの手元には残らなかった。

陽時が秋刀魚の身にぷつりと箸《はし》を入れて割り開いた。ほくほくの身から、じゅわと脂《あぶら》がしみ出している。

「じゃあ青藍にバイト代もらいなよ？　朝晩のご飯作ってくれて、青藍に飯食わせてんだからさ」

茜の向かい側では、青藍が不機嫌そうな顔でだし巻き卵を頰張《ほおば》っていた。

茜は慌《あわ》てて首を横に振った。

「だめです。わたしたち学費だって青藍さんに払ってもらってるんですよ。……わたし、やっぱり公立に編入し直します」

茜とすみれは、叔父《おじ》の住む笹庵《ささあん》の家にいたころ、私立の一貫校にそれぞれ編入した。

青藍が笹庵から二人を引き取った時に、その学費を卒業まで、入学金まで遡《さかのぼ》って全額払ったと聞いた。その私立の小学校と高校の学費を聞いた時、茜は思わず悲鳴を上げた。

父の遺《のこ》した金では到底払うこともできず、返しますとも言えない。せめて公立に転校させてくれとことあるごとに頼んでみているが、今のところ聞き入れてもらえていなかった。

陽時がやめときな、と笑う。

「せっかく今の学校で友だちできたんだから。遠いわけでもないんだし、そのまま通いな」

では奨学金を申請すると言ったら、今度は手続きが面倒くさいと青藍が首を横に振る始末だ。

つまり今のところ、茜とすみれの生活費と学費はすべて、青藍の懐《ふところ》から出ているということになる。その上アルバイト代までもらえるわけがない。

茜は小さく嘆息《たんそく》して、食後の茶を淹《い》れるために立ち上がった。キッチンにやたらとため込まれていたもらい物の茶葉は、ここのところ順調に消費されている。

「青藍さんがお金持ちだっていうのは、なんとなくわかります」

対面式キッチンの向こう側で、青藍が顔を上げたのが見えた。

茜は急須《きゅうす》にほどよい熱さの湯を入れ、すみれのホットミルクとあわせて盆に乗せる。十分蒸らしてから湯飲みに注ぐと、ふわりと甘い煎茶《せんちゃ》の香りが立ち上った。

「でも青藍さんにお金があるからといって、わたしたちが全部甘えていいわけじゃないと思うんです」

すべて自分たちで払うと言えないことが心苦しい。茜とすみれはまだ子どもで、自分たちではどうにもならないことがたくさんある。けれど、だからといって丸ごと甘えるのは違うとも茜は思うのだ。

話を聞いていたすみれが、ぱっと顔を上げた。

「じゃあすみれがアルバイトする！　茜ちゃん、すみれもお金稼《かせ》ぐから、だいじょうぶだよ」

一生懸命言いつのるすみれに、陽時がへらりと相好《そうごう》を崩した。

「すみれちゃんは、もう立派にお仕事してるよ」

すみれはきょとんと首をかしげた。陽時が青藍をちらりと見た。

「朝と夜に、青藍を食堂に連れてきてくれるでしょ。あれはすみれちゃんにしかできない、特別なお仕事だよ」

「すみれの特別？　……これってお仕事？」

すみれがぱっと茜の方を向く。

最初のころ、朝食にも夕食にもほとんど顔を出さなかった青藍だが、すぐにすみれが、仕事場に突撃して引きずり出してくるようになった。そのおかげで、朝も夜もなかった青藍の生活スタイルは、なんとかまともになりつつある。

「うん。すみれの特別なお仕事だよ。これからもお願いするね」

茜がうなずく、すみれはぱあっと顔を輝かせた。

「……おい」

黙って聞いていられなくなったのか、青藍が眉を寄せた。

「毎朝すみれが起こしてあげるよ、すみれの特別なお仕事だからね！」

はりきってキリっとした顔を作るすみれに、何か言おうとしたのだろう。しばらく視線をさまよわせていた青藍は、やがて諦《あきら》めたように肩を落とした。

茜は苦笑しながら湯飲みの横に一枚の紙を差し出した。高校に提出が必要なアルバイトの許可証だ。それを青藍は一瞥《いちべつ》した。

「……帰りも遅うなる。すみれはええんか」

「このあたりでバイトするってなると、烏丸《からすま》とか河原町《かわらまち》とかでしょ。夜に繁華街うろうろするのも心配だよ」

陽時が眉をひそめた。こんな風に心配してもらえるのは少しうれしい。年の離れた兄が二人できたような心地だった。茜はほころびそうになる頬をなんとか引き締める。

「……朝か夜の短い時間にします。食事もちゃんと作ります」

けれど茜もここは引けない。

その時陽時が何か思いついたように、にんまりと笑った。

「じゃあ、茜ちゃんはおれの仕事手伝ってくれない？　バイト代出すから」

陽時は絵具商だ。かつては御用聞きのように、職人の家をあちこち回っていたそうだが、今は小売店の経営が中心になっている。

人嫌いで外出嫌いの青藍の代わりに、絵具や画材を仕事部屋にそろえているのも陽時だった。

茜はためらうように唇を結んだ。本当ならありがたい話だけれど、気を遣《つか》って提案してくれたのなら、この話に飛びつくのもためらわれる。

茜はそろりと青藍をうかがった。不機嫌そうに煎茶をすすっている。机に置きっぱなしの許可証には目もくれない。

うつむいた茜に陽時が苦笑した。

「このあたりが、お互いの意地の落としどころだと思うけど」

この人の笑顔には、時々何でも見透かされているような気がする。

茜は陽時に小さく頭を下げた。

「……よろしくお願いします」

「じゃあとりあえず、今週の日曜日ね。茜ちゃんにしかできないことだから助かるよ」

にこっと笑った陽時に、茜は首をかしげた。

十月も末になると朝晩は急に冷え込むようになる。

「寒いねぇ……」

隣ですみれがふるりと身を震わせた。

茜とすみれは同じ私立大学の付属校に通っている。二人ともネイビーのワンピースにブレザー、茜は紺色のスクールバッグで、すみれは同じ色のランドセルだった。十一月から指定のコートの着用が認められるようになるから、それまで少しの辛抱《しんぼう》だ。

「もう少し寒くなったら、紅葉《もみじ》を見に行こうか」

平安神宮《へいあんじんぐう》の鳥居を通り過ぎた先、朱色の橋のそばには、まだ青い紅葉が朝日に照らされて、疏水《そすい》に濃い影を落としていた。見上げた先にはゆったりと朝日を浴びる東山《ひがしやま》が連なっている。

茜とすみれが、父と共に京都へやってきてから四年目の秋だ。

去年の秋は、三人で清水寺《きよみずでら》と嵐山《あらしやま》に紅葉を見に行った。人混みに押しつぶされてひどい目にあったけれど、青い空によく映《は》える紅葉が、とてもきれいだったのを覚えている。

今年父はいない。

ふいにやってきたさみしさをこらえるように、茜は一つ息をついた。

地下鉄東山駅から二駅、京都市役所前駅で下りて北西へ少し上がる。茜の高校とすみれの小学校は、通りを挟んで向かい合っている。茜は小学校の前ですみれを送り出したあと、自分の高校へ向かった。

茜の高校は格式と伝統を重んじる、古い歴史を持ついわゆる名門校だ。特に問題がなければそのまま大学まで進学できるため、良くも悪くもおっとりとした雰囲気が満ちていた。公立中学出身の茜にしてみれば、少し肩身が狭く感じることもある。

「──七尾《ななお》さん」

昼休み、男の人の柔らかな声に呼び止められて、茜は振り返った。

「佐喜《さき》先生、どうしたんですか」

佐喜は美術の非常勤講師だ。三十歳を一つ二つ過ぎたくらいだそうだが、あまり高くない身長と幼い顔立ちで、年よりずっと若く見える。佐喜は困ったように、腕いっぱいに抱えていたプリントを見下ろした。

「またちょっと、手伝ってもろてもええかな」

茜は苦笑してうなずいた。

茜は二学期に入ってクラス委員になった。

元々頼まれると断れない性格だ。クラスメイトの多くが小学校からの顔なじみである中、中途半端な時期に編入した茜には、上手《うま》くやらなければという気負いもあった。

その結果のクラス委員だ。頼りがいがあって任せられると思われているというよりは、真面目《まじめ》で都合が良いと押しつけられたのだろう。

佐喜も茜と似たところがあった。若い非常勤講師という理由で、職員室内の雑用をせっせとこなしている。茜は美術の授業のあとに手伝いを頼まれたのが縁で、時々こうして美術準備室で、佐喜が押しつけられたらしい雑用を手伝っていた。

一通りプリントの整理が片付いたあと、茜はふと準備室の机の上に出しっぱなしにされていた箱に目をとめた。見覚えのある瓶や袋が詰まっていたからだ。

「佐喜先生、これ岩絵具ですか？」

佐喜はわずかに目を見開いた。

「よう知ってんなあ、授業で使《こ》たことあらへんやろ」

美術の授業は水彩絵具やアクリル絵具ばかりで、扱いの難しい岩絵具を使うことはほとんどない。

絵具は佐喜の私物だった。美大出身の佐喜は日本画が専門だという。

「父が趣味で絵を描いていたんです。父もこういう絵具を使ってました」

茜は絵具の瓶を一つ指した。中には目の覚めるような青い粉が一センチほど入っている。父の箱の中にもなかった色だった。

佐喜が言った。

「それはラピスラズリやね」

茜はその青をじっとのぞき込んだ。ラピスラズリが石の名前で、それを砕いて絵具を作るのだ、ということぐらいは茜にもぼんやりとした知識がある。

瓶に貼ってあるままの値札に目をやって、茜は瞬《まばた》きした。手書きの細い文字で二万円と書いてある。

「絵具ってこんなに高いんですか？」

茜は思わず問うと、佐喜が笑ってうなずいた。

「岩絵具は天然石をくだいて作ったりするから、けっこう値段もするんよ」

佐喜の話を聞きながら、茜は青藍の仕事部屋を思い浮かべていた。

壁面の扉付きの棚に、おびただしい量の絵具の瓶や小袋がぎっしりと並んでいた。

あれはすべて陽時が管理している。少なくなると勝手に足しているそうだが、この瓶一つで二万円なら、あの壁一面でいくらになるのだろうか。茜はなんだか背筋が寒くなる思いがした。

茜は思い切って佐喜に問うた。

「先生は、久我青藍という絵師をご存じですか？」

佐喜はしばらく宙をにらんだあと、首を横に振った。

「知らへんなあ。それ本名か？」

茜がうなずく。

「もしかしたら、本名やなくて雅号でやったはるんかな」

雅号とはペンネームみたいなもので、絵師や書家が使うものだと佐喜は言った。例えば、とそばの紙にボールペンでさらりと書き付ける。漢字のようだが、くるりと丸がいくつか連なるような、模様に近い文字だった。

「『藤波』。読みはトウハ。おれの雅号《がごう》なんよ。普通はフジナミて読むんやけど藤の花が満開になると、垂れ下がるやろ。風が吹くとそれが波打って見える。古典でよくある表現なんや」

佐喜の下の名は藤一《とういち》というから、それにもかけているのかもしれない。

「コンクールとかには本名で出すけど、絵には号を入れるいう人もいるし、号だけで二つ三つ持ったはる人もいる」

茜は小さくうつむいた。青藍の雅号を茜は聞いたことがない。一緒に住んでひと月ほど経つが、青藍には謎が多い。

「その久我青藍さんとは知り合いなんか?」

「遠い親戚なんです。その……東院《とういん》家というところと関係があると思うんですが」

東院は茜の父の実家でもある。古くから続く絵師の一族で、江戸城や御所《ごしょ》のふすま絵や屏風絵《びょうぶ》を手がけていたそうだ。

茜とすみれは父が亡くなってからの半年間の、叔父《おじ》の家——東院の分家『笹庵』で暮らしていた。だが叔父は茜たちと顔を合わせようとしなかったし、必要なこと以外言葉を交わすこともなかった。東院家は茜にとってただ、よくわからないけれど重苦しい一族という印象だ。

佐喜がうらやましそうに目を細めた。

「東院てあの東院家か……ええなあ、食いっぱぐれることもあらへんのやろうな」

佐喜も本業は画家だ。だがそれだけでは食えないから、教師の仕事もやっている。佐喜の絵描き仲間のほとんどが同じような境遇だと言っていた。

「そんなに有名なんですか？」

「古くからある絵師の一派やな。昔は御所やら江戸城やら大名屋敷やら、お偉いさんの絵をたくさん引き受けたはったんや」

そういう人たちは昔、宮廷絵師とか御用絵師などと呼ばれていた。明治時代になってそういった仕事はなくなっていったが、東院家は今でも画壇に力のある絵師を輩出し続けているそうだ。

けれど、とわずかに佐喜が目を細めた。

「最近そういえば、あんまりコンクールとか、画展でも見いひんなったなあ」

作業に戻ってしまった佐喜から視線をそらして、茜は小さくため息をついた。

結局青藍のことも東院家のことも、自分は何一つ知らないのだ。

青藍はどんな絵を描くのだろう。どうしてあの大きな邸《やしき》に陽時と二人で暮らしていたのだろう。

父の実家とどんな関係があって――どうして、見ず知らずの茜とすみれを引き取ってくれたのだろうか。

青藍のことを考えると、いつもあの庭にいた時の姿を思い出す。

――季節外れの桜を見上げて、月白《げっぱく》の光に手を伸ばす――胸が締め付けられるような切ない光景だった。

茜は一つ首を横に振った。

深く知ろうとするのは、やめた方がいい。

いつかの別れが、きっと辛《つら》くなるだろうから。

2

陽時《はるとき》と約束した日曜日。すみれが児童館へ出かけたあと、茜《あかね》は青藍《せいらん》と連れ立って京都の繁華街を訪れた。誰と会うか聞かされていなかったので、茜は迷った末に制服にした。こういう時に学生は便利だ。

三条通《さんじようどおり》のアーケードを北に折れて寺町通《てらまちどおり》へ入ると、賑《にぎ》やかな商店街は一変する。漬物屋やカフェに交じって、文具屋や古本屋、画廊が連なる通りだ。

ビルや家の間に、当たり前のように寺や神社がぽつりぽつりと挟まっていて、生活に馴《な》染《じ》んでしまっている。

教科書に載《の》るような歴史の舞台と、生活の場所が一緒に押し込められているような気がして、いつも茜は少し不思議な心地がするのだ。

会わせたい人がいるから御池通《おいけどおり》の手前まで青藍を連れてきてほしい。それが茜が陽時に頼まれたアルバイトだ。連れてくるだけだというから首をかしげていたのだが、その理由はすぐにわかった。

「青藍さん、もうすぐ着きます――」

　隣にいたはずの青藍の姿が消えて、茜は慌《あわ》てて周りを見回した。すたすたと元来た道を戻る着物姿の背が見える。

「青藍さん！　何やってるんですか、もうすぐそこですよ」

　走って追いつくと、青藍の腕をつかんで引き留める。

「……帰る」

　そもそも月白邸《つきしろてい》を出る時から、青藍は終始不機嫌だった。外出嫌いの青藍をここまで連れてくるのは、けっこうな大仕事だったのだ。

　平安神宮《へいあんじんぐう》の鳥居の下でも、地下鉄に乗るにも商店街を歩くにも、ことあるごとに帰ろうとするものだから、その度《たび》にこうして茜が連れ戻している。

「帰って飲んで寝る……」

「陽時さんが待ってるんです。ここまで来たんですから、あと少しですよ」

　青藍はアーケードの隙間《すきま》から差し込む日の光に、不愉快そうに目を細めていて、夜行性の獣みたいだと茜は思う。

　その青藍が喉《のど》の奥でうなるようにつぶやいた。

「ぼくに用があるんやったら、向こうが来るんが礼儀いうもんや」

「来てくれたって、青藍さんが月白邸に入れないじゃないですか」

青藍がこの調子で、業者や仕事関係の人間を門前払いしているのを、茜も何度か見かけたことがある。

子どものようにそっぽを向く青藍に、茜は言った。

「青藍さんをちゃんと連れていくのが、わたしの仕事でもあるんです」

引き受けたからには務め上げなければいけない。茜がじっと見上げて力説すると、やがて諦《あきら》めたように青藍は深いため息をついた。

なだめたり引っ張ったりしながら、なんとか御池通が見えてきたころ。

「——うわ、ほんとに来た」

茜が顔を上げた。少し先で陽時がぱちぱちと手を叩《たた》いている。

陽時がいるのは小さな店の前だった。町屋に硝子《ガラス》のウィンドウをはめた洒落《しゃれ》た造りをしていて、大きな暖簾《のれん》が下がっている。藍《あい》地の暖簾には丸に紀の字の屋号を染め抜き、焼き板の看板には、『紀伊筆彩堂《きいひつさいどう》』と書かれていた。

陽時の紀伊家が経営する画材の小売店だ。

「お待たせしました、陽時さん」

茜が駆け寄ると、陽時がけらけらと笑っていた。

「すごい目立ってたよ、青藍と茜ちゃん。しばらくここから眺めてたけど、みんな遠巻きに見てた」

「えっ！」

茜が振り返ると、通行人がさっと目をそらしたのが見えた。

「一八〇センチ越えの着物の大男が、女子高生とアーケードの中を行ったり来たりしてんだもん。そりゃ目立つわ」

茜は改めて自分と青藍をまじまじと見た。言われてみると奇妙な取り合わせである。

青藍は深い藍色の着物に灰色の羽織で、茜は有名私立高校の制服だ。容姿の整った青藍に比べて茜の顔の造形は至って平凡で、兄妹《きょうだい》というにも無理がある。

「暇《ひま》を持て余したどこかの若旦那が、女子高生だまくらかしてんのかと思った」

「それはお前やろ」

それまで黙っていた青藍が、不機嫌そうにつぶやいた。陽時がむっと口をとがらせる。

「違います。おれは未成年と、ちゃんと相手がいる子は範疇外《はんちゅうがい》。制服着た高校生なんか論外です」

だからといって、彼の言うところの「たくさんの女のお友だち」との関係が褒められたものではないことも確かで、茜はそれ以上首を突っ込まないことにした。

「でもありがとね、茜ちゃん。青藍一人だと絶対来ないから助かった」

陽時が笑うととろけた蜂蜜のようで、きらきらとまぶしい。

この人は不思議な魅力がある人だと、茜はいつも思う。

あんな顔で人なつっこく微笑まれたら、恋愛感情がなくても反射的にドキっとすると思う。こんな調子で誰の心にもするりと入り込んでしまうのだろう。

それによく気の回る人だった。

月白邸での生活が上手《うま》く回っているのは、陽時がいるからだと茜は思う。青藍が不機嫌で手がつけられない時には、ちゃんと距離を取ってくれる。時折冗談のように話す以外は、茜とすみれの前で決して女の影を見せることもない。

もし誰の前でも終始この調子なら、この人は感情的になったり、誰かに心の内を見せることがあるのだろうか。茜はふとそんな風に思った。

筆彩堂の中は木製の什器《じゆうき》で統一され、静かで落ち着いた空間だった。壁面には一枚売りの紙の棚が、店の中程には胸の高さほどまでの木の棚が設《しつら》えられていて、絵具の瓶や小袋が並べられている。

画材は日本画に使うものに限らないようで、茜たちが使うような色鉛筆やアクリル絵具、油彩、水彩絵具まで様々に取りそろえられている。

店の隅々まで埃《ほこり》一つなく、壁の一輪挿《いちりんざ》しにはまだ青い紅葉《もみじ》がひと枝飾られていた。賑やかな商店街の中とは思えないほど、しんと心地良い静寂《せいじゃく》が満ちている。

店の奥に引っ込んだ陽時が、小柄な女性を伴って再び現れた。彼女の藍色のエプロンにも筆彩堂の屋号が染め抜かれている。柔らかな黒髪を後ろでくくっていて、淡い笑みを浮かべていた。

青藍が小さくため息をついたのが聞こえた。ぼそりとつぶやく。

「――……お久しぶりです」

女性はくすりと笑ってうなずくと、そばの茜に向き直った。

「初めまして、紀伊詩鶴《しづる》います」

そして陽時を見る。紹介しろ、と言っているようだった。

「こちら七尾《ななお》茜ちゃん。月白邸に間借り中の女子高生です。茜ちゃん。こっちは詩鶴さんで――おれの従姉《いとこ》」

茜ははっとした。陽時の瞳がわずかに細められて、浅い茶色の瞳が甘やかにとろけている。その視線の先は詩鶴に向けられていた。

「おれの姉さんみたいな人だよ」

茜は目を見開いた。今の一瞬で、わかってしまったからだ。

――この人はきっと陽時の特別な人だ。

陽時は青藍と茜を筆彩堂の奥に案内してくれた。渡り廊下で繋《つな》がった先は、大きな邸《やしき》になっている。京都の商家らしく間口は狭く、奥に長く続いていた。

「ここが、陽時さんのご実家なんですか？」

茜がそう問うと、陽時は首を横に振った。

「うちの本家は大阪《おおさか》にあるよ。ここは今、叔父《おじ》さんの家になってる」

百年ほど前まではここが紀伊の本家だった。その後、大阪に本家を移してからは小売りの店舗として使っている。今は主《おも》に卸《おろし》をしている大阪の紀伊本家を陽時の父が継ぎ、その弟である叔父がこの家に住んで、筆彩堂などの小売りを取り仕切っているそうだ。

客間に通された茜と青藍に、詩鶴が茶を出してくれた。

「陽時とは従姉弟《いとこ》同士なんやけど、よう似てるて言われるんよ。うちが四つお姉ちゃんやから、ほんまの姉弟《きょうだい》みたいやてね」

詩鶴には確かに陽時の面影《おもかげ》があった。髪こそ艶《つや》やかな黒であるものの、目尻の柔らかさや笑った時の華やかさ、時折見せる艶めいた表情は本当に姉弟のようだった。並んで歩けば美男美女の姉弟として、さぞかし視線を集めるに違いない。

それまで茶にも手をつけずに、むすりと黙っていた青藍が言った。

「──それで何用ですやろ。ぼくをわざわざ呼び立てるくらいや。よほどの用やと思てえんですよね」

和《なご》やかな空気がぷつりと途切れた。

「青藍さん……！」

慌てた茜が声をかけても、青藍は知らぬ振りだ。連れてこられたのがよほど不満なのだろうか。

自分が失礼を働いたような気がして、茜はきゅうと胃が痛くなった。

陽時は気にする風もなく立ち上がった。客間の奥の障子《しょうじ》に手をかける。

「せっかく寺町まで出てきたんだ。話だけでも聞いてよ」

陽時が障子を引き開けた瞬間──そこから、鮮やかな緋《ひ》色があふれ出した。

着物だ。

衣桁《いこう》にかけられた着物の、豊かに波打つ鮮やかな緋色に目を奪われる。

艶のあるとろりと濃い緋には金糸銀糸《きんしぎんし》で刺繍《ししゅう》が施《ほどこ》されていた。

一羽の真っ白な鶴とそのそばに連なるように垂れ下がる藤の花。金糸の流水文《りゅうすいもん》が裾《すそ》から袖《そで》にかけて施されている。家の外から差し込む日の光に照らされて、艶めく金糸がきらきらと輝いて見えた。

「婚礼用の色打ち掛けだよ」

陽時が言った。

茜は思わず身を乗り出していた。今まで結婚式は、漠然《ばくぜん》とウェディングドレスのイメージだった。でもこういうものがあるのなら、着物もいいなと思ってしまう。

詩鶴がくすりと笑った。

「——わたし来月結婚するんよ」

茜は思わず陽時を振り仰いだ。わずかに伏せた長い睫《まつげ》の下で、陽時の瞳が揺れる。瞬《まばた》き一つでそれを押し殺したのがわかった。

一瞬でいつも通りの笑顔に戻った陽時は、青藍を見下ろした。

「青藍に、その婚礼の末広《すえひろ》をお願いしたいんだよ」

末広、と茜は首をかしげた。青藍が小さくため息をつく。

「婚礼の時に花嫁が持つ扇子《せんす》のことや。普通は全面に金箔《きんぱく》を貼る」

帯に差して使うものだから広げることはない。だから柄《がら》の入った末広は珍しいと青藍はそう言った。

詩鶴は目を細めて、艶めく緋の色打ち掛けを見やった。

「これ、実はうちのお母さんの時のなんよ。式で自分のを着いひんかて出してくれたんやけど、でも向こうの家の意向もあって、結局新しいのを仕立ててしもたん」

詩鶴の指先が美しく刺繍された藤の花をなぞった。

「せっかくやから……せめて模様だけでも持っていきたいて思てたら、陽時が青藍くんに頼んだらええて。青藍くん……まだ扇子を覚えてるやろか？」

まるで青藍が、扇子に特別詳しいような言い方で、茜は首をかしげた。青藍の静かな声が聞こえた。

「……うちは扇子は畳んだんです」

茜は思わず、青藍を振り返った。

「青藍さん、前は扇子屋さんだったんですか？」

皆が衣桁に目を向ける中、青藍一人が客間にあぐらをかいて、茶に手をつけるでもなく不機嫌そうによそを向いている。

「青藍っていうか月白邸がね。ちょっと前まで『結扇《ゆいせん》』って屋号で扇子屋をやってた」

陽時が代わりに答えてくれる。青藍が面倒そうな顔を隠そうともせずに舌打ちした。

「扇子やったらまだ東院《とういん》の分家も扱ってます。それか、紀伊に頼んで探してもらう方が、早いんとちがいますか？」

詩鶴が複雑そうに微笑んだ。

「そうやね……」

「──だめだ」

遮《さえぎ》ったのは陽時だ。深い緋の色打ち掛けを見る瞳は、感情を押し殺そうとするかのように、色がなく冷たく見える。陽時の薄い唇が、震えるようにつぶやいた。

「東院にも紀伊にも頼めないんだ。……頼むよ、青藍」

──結局、一つため息をついたあと、折れたのは青藍だった。

「茜、写真」

茜ははっと顔を上げた。慌ててポケットからスマートフォンを引っ張り出す。陽時を見上げると無言で小さくうなずいた。

茜は起動したスマートフォンのカメラの画面を見つめて、眉を寄せた。

「でも青藍さん、これだと色がきれいに写らないかもしれません」

薄暗い家の中でレンズを通すと、この艶やかな緋色もわずかにくすんで見える。

「刺繡の模様がわかったらええ。色はぼくが見る」

茜が振り返った先で、客間に座ったままの青藍の目がじっと色打ち掛けに注がれていた。黒曜石の瞳にちらちらと光が躍《おど》っている。

宝物を見るような、あの好奇心にあふれた瞳だ。

茜は気圧《けお》されるように横に避けた。青藍の視線を遮ってしまうと思ったからだ。

精緻《せいち》に織られた生糸《きいと》が見せる美しく深い緋色、光が揺れる度に表情の変わる金糸と銀糸の風合い、とろりとした光沢《こうたく》を持つ艶やかな真珠色の縫い取りが、複雑に織りなす陰影。

色打ち掛けが持つ空気感のそのすべてを、青藍は黒曜石の瞳に焼き付けているように見えた。

だから陽時は、わざわざ青藍をここへ呼んだのだ。色打ち掛けの本物を見せるために。

いつの間にか青藍は腰を浮かせて、懐《ふところ》から出した手を畳についていた。指先をとん、とんと小さく踊らせている。あそこに色を置いているのかもしれなかった。

それが紙の上であふれ出すのを見てみたい。この人が、美しい色を描き出すのを見てみたいと、茜は強くそう思った。

青藍がふと息をついて、すとんと畳に腰を下ろした。

「……喉、渇《かわ》いた」

張り詰めていた空気が一瞬で弛緩《しかん》した。茜は夢でも見ていたような心地を、一つ首を振って追い払った。

「お茶がありますよ」

詩鶴が淹《い》れてくれたものだ。

「冷めてるやろ」

「冷めても、とてもおいしいお茶です」

そもそも冷める前に手をつけない青藍が悪い。

「お前が淹れろ、茜」

茜は絶句した。出されたものに手もつけずに新しいものをよこせなどと、茜の感覚では言語道断である。

茜が声を上げようとした時。

「——茜ちゃん」

ぽんと肩を叩かれて、振り仰ぐと陽時が苦笑していた。顔の前で手のひらを立てている。お願いというサインだ。

茜はぐっと怒りをこらえた。

「……人のおもてなしを大切にしないのは嫌いです。お茶は淹れます。でも戻るまでにそのお茶はちゃんと飲んでください。ものすごくおいしいお茶ですから！」

茜はきっぱり言い切って、そのまま背を向ける。詩鶴が台所を貸してくれると言うので、そのあとについていった。廊下に出た茜の背中に青藍の言葉が降ってくる。

「夕方にはすみれが帰ってくるんやろ。室町通《むろまちどおり》に寄って帰るから、急げ」

じろっと振り返ると青藍が、慌てて卓の上の湯飲みを持ち上げるところだった。苦い顔をして口をつけている。ちゃんと飲んでいるとアピールするように、ちらちらとこちらをうかがってくるので、知らないふりをして茜はふんと顔を背《そむ》けた。

案内された紀伊家の台所で、茜はすまなそうに詩鶴に頭を下げた。

「本当にすみません……せっかく淹れてくださったお茶なのに」

茜の父は上七軒《かみひちけん》でカフェを営んでいた。茜も父の店をずっと手伝っていたのだ。食べ物や作り手の気持ちを大切にするのは、茜たちにとって当たり前だった。

そもそも茜だって、茶の淹れ方にこだわりがあるわけでもない。慣れている詩鶴のものの方が、よほどおいしいと思うのに。

詩鶴が首を横に振った。

「気にせんといて。青藍くんて昔から、よそで口にもの入れるのほんまに嫌がるて知ってるから。ちゃんと座って話聞いてくれただけでありがたいわ」

「……野生動物みたいな人ですね」

詩鶴がふふ、と笑った。

「あれでもずいぶん丸なったなあて、今日びっくりしたんよ」

「あれでですか……」

「ほんまは、来てもくれへんと思ってた。でも陽時が、秘密兵器があるから絶対大丈夫やて言うんよ。それ、茜ちゃんのことやったんやね」

茜は困ったように首を振った。

「わたしと妹が月白邸でお世話になってるだけなんです。それで青藍さんが多少甘やかしてくれてるだけなんですよ」

青藍に、あの獣のような瞳で威嚇《いかく》するように「嫌だ」と言われれば、茜だってうなずくしかない。こんな風に気安く話せるのだって、あの人の優しさに、茜が少しばかり甘えさせてもらっているだけなのだ。

青藍に許されている。それが茜の立場だ。

――あの優しさに勘違いをしてはいけないと、いつも心に留《と》め置かなくてはいけない。

湯を沸かす、ことことという音だけが台所に響く。

「月白《つきしろ》さんに連れられて、青藍くんが最初にここに来てくれた時。わたしまだ高校生やったんよ。青藍くんは学ラン着てたから、中学生やったんかな」

詩鶴が懐《なつ》かしそうにつぶやいた。

「その時はここの家に上がってもくれへんかった。月白さんがうちに上がってる間、気がついたら一人でどこか行ってしもててね。それをいつも月白さんが探しに行ったはった」

月白、という名を茜は青藍から聞いたことがある。幾分曖昧《あいまい》な言い方だったけれど、おそらく青藍をどこかから引き取って、月白邸で共に暮らしていた人だ。その月白もまた絵師だったという。

青藍は本当に野生の獣のようなものなのかもしれない。自分の縄張り以外の場所はすべて、己《おのれ》の敵地であるかのように思っている。

青藍が心安らげる場所が、月白邸と月白という人のそばだけだったとしたら。

それは少し、さびしいことのような気がした。

詩鶴に肩を叩かれて、茜ははっと我に返った。湯はちょうどよい具合に冷め始めている。急須《きゅうす》に注いで、湯飲みを乗せた盆を持って客間へ向かった。

客間の障子の向こうから、陽時の明るい声が聞こえる。青藍がそれに相づちを打っているようだった。

それに耳を傾けながら、詩鶴がどこか切なそうにつぶやいた。

「陽時もいつからか月白邸に入り浸《いびた》るようになってね。月白邸と、青藍くんがおらへんかったら、陽時もたぶんだめになってた」

詩鶴はどこか痛みをこらえるように目を伏せた。あの穏やかな人の過去に何があったのだろうかと、茜もじっと障子の向こうを見つめる。

「……陽時とわたしは共犯者みたいなものやから。二人して散々逃げ回って……結局うちは逃げ切れへんかったけど」

詩鶴が瞬き一つで、元の柔らかい笑顔に戻った。こういうところも陽時と似ている。

「――陽時には幸せになってほしいんよ」

詩鶴が障子を開けると、真っ先に振り返ったのは陽時だった。まぶしい笑みを浮かべて、端の垂れた目でとろりと笑う。

「詩鶴姉さん、おかえり」

陽時はきっと、詩鶴の前ではそういう感情を上手に隠してしまうのだろう。けれどその瞳の奥で、あなただけが特別なのだと甘やかな感情が揺らめいているようで、茜にはそれが切なくてたまらなかった。

3

陽時《はるとき》は夕食前に月白邸《つきしろてい》へ戻ってきた。夕食のあと、茜《あかね》は三人分のコーヒーと、すみれのためにホットミルクを用意した。

風呂からあがったすみれが、居間に向かう茜に駆け寄ってくる。両手で大きな紙袋を抱《かか》えていた。

「茜ちゃん、開けていい？」

「うん、いいよ」

筆彩堂《ひっさいどう》からの帰り道、宣言通り室町通《むろまちどおり》に寄った青藍《せいらん》は、そこの菓子屋ですみれに土産《みやげ》を買うと言った。カステラで有名な店だった。

カステラは丸いホールケーキのような形をしていて、タルトのように薄く、縁《ふち》が花びらのように広がっている。茜が物珍しそうにそれを眺めている間に、青藍はさっさと買い物を済ませてしまったらしい。

茜が気がついた時には心なしか満足そうな顔で、カステラや菓子がぎっしり詰まった大きな紙袋を下げていた。

そういうわけで今、すみれが抱えている紙袋には、めいっぱいお菓子が詰め込まれている。茜は紙袋の中の菓子類を整理しながら小さく嘆息《たんそく》した。どう考えても、四人では食べきれない。

「どうするんですか、こんなに買って。賞味期限だってあるのに」

茜が顔を上げると、青藍も陽時もこちらを見てきょとんとしていた。

この人たちの感覚は、世間一般と比べてややずれているような気がする。特に、金銭感覚と食事について。

青藍が卓の上から自分のコーヒーを取った。

「余ったら陽時が適当に持っていくやろ」

そうして、陽時のたくさんいるらしい彼女のお茶請《ちゃう》けになるのだろうか。でも、と反論しようとした時、すみれが明るい声を上げた。

「すみれ、カステラと、この大きいマドレーヌ！　あとこのクッキーも食べたい」

「うんうん。カステラはあとで切ってあげるから、一番大きいの食べな。お腹《なか》いっぱいになったら残せばいいよ」

陽時が笑み崩れる。これはだめだと茜は額《ひたい》に手を当てた。

「すみれ、カステラが一番賞味期限が近いから、まずこれ。もう一つ選んでも良いけど、全部食べきる約束だよ。無理だって思ったら、食べないで明日のおやつにするの」

念を押すように「いい？」と言うと、すみれの眉がへにゃりと下がった。右手にはマドレーヌ、左手にはクッキー、目の前にはカステラがあって、全部食べたいと目が訴えている。

陽時がまあまあ、と間に入った。

「いいじゃん、好きなの食べれば」

「だめです」

父の喫茶店では仕入れる材料もさばける分だけと決まっていた。売り切れたらそれまでだ、と父はいつも笑っていた。

食事も菓子も残せばいいと安易に言ってしまうのは、作ってくれた人に失礼だと思う。

茜がきっぱりそう言うと、陽時はしゅんと頭を下げた。

「ごめん……」

「ごめんなさい、茜ちゃん」

すみれと陽時の動きがぴったり重なって、まるで親子みたいだ。なんだかおかしくて、茜は思わず噴き出した。

くく、と喉《のど》の奥で笑う声がして、思わず隣を振り返る。ソファを背に床に座り込んでいた青藍が、薄く笑っていた。

「そうやって叱《しか》られてると、子どもみたいや」

「……青藍さんもですからね。昼間のお茶の件、まだ怒ってます」

茜がじとりと視線を向けると、青藍が途端に気まずそうに目をそらす。

「青藍も怒られてんじゃん」

陽時にやり返されて、青藍はしばらく居心地悪そうにもぞもぞやっていたが、やがて開き直ったようにふんと鼻を鳴らした。

「やったら、全部お前が淹《い》れたらええ」

「他人様《ひとさま》のおうちで、そんなわけにいきません」

訪問した先で客が茶を淹れさせてもらうという不作法は、これきりにしてほしい。青藍が唇に薄い笑みを刷《は》いた。

「他人様なあ。——うちでは？」

青藍に言われた意味がわかって、茜はぐっと唇を結んだ。

ここに来たばかりの時、茜が他人様の家だとかたくなだったことを、未《いま》だに根に持っているらしい。

うち、と茜は小さくつぶやいた。

それだけでこの家は自分の家だと——ここにいる人たちがわたしの家族だと主張しているような気がして、心の奥がほろほろとほどけていくような気がする。

答えをためらっている茜を、青藍がじっと見つめていた。

青藍の目の奥が柔らかくなって、絵や和紙を見る時のような、好奇心と宝物を見るあの瞳でじっと見つめられて、それがなんだかいたたまれない。

「……う、うちではわたしが淹れますよ！　だからよそではちゃんとしてください！」

茜はやけっぱち気味にそう言い捨てた。

ふん、と青藍は返事ともつかないものをつぶやく。どうやら満足したのだろう。

茜はほっと息をついた。

ふと気がつくと三人分の視線が、じっと茜をうかがっていた。すみれの目が、茜の顔と手元のカステラを行ったり来たりしている。

「……食べようか、すみれ」

茜がそう言うと、すみれの顔がほっとしたようにほころんだ。

「陽時くん！　切って！　カステラ切って！」

「はいはい」

陽時の顔がへにゃりとするのを見て、茜はくすりと笑った。

その夜茜は離れで、引き戸がこつこつと叩《たた》かれるのを聞いた。時間は十一時を回ったところで、すみれはすでに布団で寝息を立てている。

茜が離れの引き戸を開けると、青藍が立っていた。

「肴《さかな》を作れ」

開口一番これである。

青藍が酒を好むのは知っている。せめて何か食べてほしいと言ったのは茜だった。それならお前が作れと言われて、時々夜の食堂に引っ張り出されては、一品か二品作る。

いつもなら青藍が、さっさとそれをさらって部屋に引きこもってしまうのだが、今日は少しわけが違うようだった。

青藍が珍しく、疲れたような顔をしていた。

「——陽時に食わせる」

茜が食堂の暖簾《のれん》をくぐると、椅子に座った陽時がぐったりとテーブルに突っ伏していた。片手に缶ビールを握りしめていて、そばには同じ銘柄の缶がすでに二本空《あ》いている。

茜は思わず青藍を振り仰いだ。

「陽時さん、大丈夫なんですか？」

月白邸で陽時が酒を飲んでいるのを、茜は初めて見た。あまり強くないとは聞いていたし、本人もとりたてて好きでもないようだった。青藍がふんと鼻を鳴らす。

「大して強うあらへんのに、一気飲みするからや」

「うるさいなぁ……」

ぐずぐずと何か言いながら、陽時がのそりと顔を上げる。頰《ほお》がわずかに赤らんでいて瞳は潤《うる》んで溶け出してしまいそうだ。

茜はうわ、と目をそらした。目に毒とはこのことだ。

茜は慌《あわ》ててキッチンに駆け込んだ。

粥《かゆ》でもと思ったが、米は食べきったきりで炊いていない。仕方がないので、土鍋に水を張って出汁《だし》を取り、ほぐした鶏肉《とりにく》と一緒に洗った米を放り込んだ。弱火でとろとろと炊いている間に、冷蔵庫であまっている食材を探す。

すみれのおやつ用に買っておいたクラッカーを並べて、クリームチーズとジャム、鯖《さば》の味噌煮の缶詰とマヨネーズを混ぜたもの、クリームチーズとみじん切りにしたドライフルーツを混ぜたものを、それぞれ乗せる。

定期的に送られてくる食材のダンボール箱の中に千枚漬けを見つけて、それも切って皿の上に出した。細かく刻んだゆずが入っていて、甘い酢の香りが広がる。

そうしているうちに鶏粥が仕上がった。土鍋ごと食堂のテーブルに置いて、クラッカーと千枚漬けを横に並べる。

そのころには青藍が、いそいそと自分の酒の準備をし始めていた。

日本酒を好む青藍は、キッチンの一角を自分の酒置き場にしている。猪口《ちょこ》や徳利《とっくり》などの酒器にもこだわっていて、食器棚にあふれんばかりにため込まれていた。今日の酒には紅葉《もみじ》をあしらった硝子《ガラス》の徳利と、そろいの猪口に決めたらしい。

水差しと自分の分の紅茶を持って、茜は陽時の向かいの椅子に座った。

「ありがと、茜ちゃん」

なんとか体を起こした陽時がへらりと笑う。首の据わっていない赤ん坊のように、ことりと右に倒していた。金色の細い髪がほてりで赤くなった首筋をさらりと撫《な》でている。

「おれ、ちゃんと全部食べるよ……残さないからさぁ」

ふわふわとした口調で、陽時がそう言った。さっき茜が言っていたことを覚えているのだろう。

「調子の悪い時に無理しろってことじゃないです。余ったら明日の朝ご飯にするので、大丈夫ですよ」

それより、と茜はため息交じりに陽時に向き合った。

「お酒が苦手なのに、たくさん飲む方がだめです」

陽時が空《から》になったビールの缶を、ことんとテーブルに置いた。

「……うん」

途端に泣きそうに顔を歪《ゆが》める。浅い茶色の瞳が溶けてこぼれ落ちそうだ。

「……おれとちゃんとそうやって向き合ってくれたのは、あの時、詩鶴《しづる》姉さんだけだったんだ」

ろれつの回らない口調で、陽時はそう言った。その手がふらりと青藍の猪口に伸びる。

眉をひそめた青藍が、そばにあったチューハイの缶を握らせた。

「……ジュースじゃん」

アルコール度数三パーセントのそれに、陽時が不満そうに口をとがらせる。青藍が猪口の酒をちろりと舐《な》めた。

「ぼくの酒は酔っ払いにはもったいない」

むすっとしたままチューハイの缶を開けて、陽時は半分ほど一気に呷《あお》った。茜が慌てて陽時のグラスに水を注いでいると、青藍がぽつりと言った。

「あの色打ち掛け、詩鶴さんの母親のもんや言うんはうそやな」

陽時が伏せていた目を青藍に向けた。

「どうして？」

「仕立てが安い。帯まで入れて、せいぜい百万ちょっというとこやろ」

茜はぎょっとした。十分に大金である。

「詩鶴さんの母親いうたら、伊勢《いせ》の紙屋から嫁《とつ》がはったんやろ。そこと紀伊《きい》の婚姻で誂《あつら》えたもんが百万そこそこいうのはな」

陽時が肩を震わせた。

「……うん、あたり——あれは、詩鶴姉さんのだよ」

その口調にはさみしさが滲《にじ》んでいた。

「詩鶴姉さんが八年前に仕立てたんだ。その時に付き合ってた男と……結婚するんだって言って」

陽時は目を細めた。

陽時が、自分の家がおかしいと思い始めたのは、ずっと幼いころだ。

東院《とういん》の分家である紀伊家も、古いしきたりに縛られた家だった。

学校、塾、習い事、付き合う友だち。一つ残らずいつの間にか決められていて、将来陽時がつくであろうポストは、すでに紀伊の会社に用意されていた。

何もかもが決められているのが気持ち悪くてたまらないのに、年の離れた二人の姉も父親も母親も、何度陽時がそう言っても笑うばかりだった。

「そのうち、陽時にもわかる日がくる」

わからないのはまだ子どもだからと諭《さと》されて、中学生の陽時は混乱した。

中学二年生になったある日、祖父に呼ばれて客間に行くと、小学生の女の子が正座していた。それを婚約者だと紹介された時には、いっそおかしくてその場で笑ってしまった。

顔会わせだと親戚一同が集まったそこで、中学生と小学生の婚約を喜んでいる。おればかりがおかしいのかと思い始めた時。ただ一人、従姉《いとこ》の詩鶴だけがぼそっと言ったのが聞こえた。

「許嫁《いいなずけ》なんて時代錯誤やわ。あほらしい」

その時四歳上の詩鶴は、高校生だった。

二人きりになった時、詩鶴は陽時の目をまっすぐ見て言った。

「こんなんおかしいわ。誰かて好きに生きる権利がある――わたしらが、誰を好きになるのも自由やわ」

その時陽時の話をまともに聞いてくれたのは、親兄弟親戚一同見回しても、詩鶴ただ一人だった。

その時から、詩鶴は陽時の世界の全部になった。

陽時が月白邸に転がり込んだのは、そのすぐあとだ。実家と散々に揉《も》めたあげく、家出同然で飛び出してきた陽時を、月白《つきしろ》はここに置いてくれた。その時にはもう青藍もいて、扇子屋《せんすや》も営んでいた月白邸は今より少し賑《にぎ》やかだった。

そんな折、京都の筆彩堂に入り浸《びた》っていた陽時に、詩鶴がそっと教えてくれた。大学生になった詩鶴は、見たことのないうれしそうな顔をしていた。

――好きな人ができて、付き合うことになった。

紀伊の家に許されるはずもないから、隠れて付き合っている。相手は筆彩堂でアルバイトをしていた、詩鶴と同い年の芸大生だった。

せっかく見つけたはずの陽時のまぶしい光は、誰かのものになった。闇の中を転がり落ちるような絶望を感じた陽時は、けれど詩鶴の前では決してそれを見せなかった。

詩鶴が陽時にだけその話をしたからだ。甘やかな秘密の共有だった。

そうしている限り陽時と詩鶴は、この古いしきたりに縛られた家の中で、たった二人の特別な関係でいられるのだから。

陽時が、ことりと缶をテーブルに置いた。

「――でも、好きだったんだぁ」

その声がわずかに震えている。茜は唇を結んで、話を聞いているしかなかった。

「中三なんか思春期真《ま》っ只中《ただなか》でさ。失恋ってすっげーキツくて……めちゃくちゃ荒れて、死ぬほど月白さんに迷惑かけまくったあげく、おれ、東京へ逃げたんだよ」

月白がつてを頼って、東京の寮付きの高校へ押し込んでくれたそうだ。

「友だちもいっぱいできて、それなりに迷惑かけない遊び方も覚えて、部活も初めて入ったんだ。バスケ。おれこれでもレギュラーだったんだよ」

　茜は思わず目を見開いた。

「……想像できないです」

　校則違反の見本のような格好なのに、とつぶやくと、陽時がけらけらと笑った。指先で自分の金髪をもてあそぶ。

「おれそのころはちゃんと黒髪だったから。大学で染めたの」

　それもそうか、と茜が納得していると、陽時が懐《なつ》かしそうに目を細めた。

「高校三年の時、詩鶴姉さんから結婚するって連絡が来た。大学卒業したらすぐにって」

　詩鶴は卒業と同時に家を出るつもりだった。

　その時詩鶴は、いつもの秘密の話を陽時にしてくれた。色打ち掛けを仕立てているのだそうだ。式はしない。だから着物だけはいいものをと、相手と相談して決めたと言った。

　陽時はその話を、柔らかな相づちを打ちながら聞いていた。諦《あきら》めきれないけれど笑顔で祝福できるくらいには、陽時も大人になっていた。

　けれど詩鶴の計画は直前で露見した。

　詩鶴の両親と相手の間で話し合いがもたれ、結局別れることになったと聞いた。

　皮肉なことに、詩鶴と相手が内緒で仕立てたその色打ち掛けは、別れたあとに詩鶴の手元に届いた。

もう二度と着られない、思い出の証《あかし》として。

「――詩鶴姉さんは来月結婚する。紀伊の家の決めた相手と」

陽時がまた一口チューハイを呷った。

「かわいそうじゃん。詩鶴姉さん、あの色打ち掛けを捨てられないまま、ずっと隠して持ってるんだよ」

だからせめて思い出だけでも持っていくことはできないだろうかと。陽時が詩鶴に末広《すえひろ》を提案したのだ。

陽時がチューハイの缶の残りを飲み干した。

「本当は見つけてあげようと思ってたんだ。八年前の相手をさ。だけど、詩鶴姉さんに止められちゃった」

「見つけて、どうするつもりやったんや」

青藍が自分の猪口に酒を注ぎながら問うた。もし、と陽時が絞《し》り出すようにつぶやく。

「そいつがまだ詩鶴姉さんのことが好きなら、望まない結婚を強いられた花嫁を、結婚式で颯爽《さっそう》とさらっていくなんてカッコイイ……でしょ」

そう話しながら陽時がうつらうつらしている。茜は慌てて陽時の手からほとんど空になった缶を回収した。

ふ、と息を吐くような小さな笑い声がした。

「詩鶴さんの手を取ってさらうんは、元の相手か。それとも——お前か、陽時」

黒曜石のような、青藍の瞳が陽時を捉《とら》える。

ほとんど落ちかけていた陽時の瞼《まぶた》がゆっくりと持ち上がる。真夏の太陽のような明るくて情熱にあふれた瞳の奥で、繊細で甘やかな感情が揺れている。

結局、陽時は小さく首を横に振っただけだった。

やがて完全に酔いつぶれてしまった陽時を、青藍がため息交じりに引きずっていった。

それから部屋に戻ると言って、酒と猪口を手に食堂を出ていく。茜は急いでテーブルの上の肴を一つの皿にまとめると、水差しとコップを持って追いかけた。放っておくと青藍は延々と酒ばかり飲んでいるからだ。

青藍の部屋の前で茜はためらった。この部屋を訪れるのはあの夜以来だ。ここは青藍の特別な場所だ。茜はすみれのように気軽に立ち入ることはできない。

廊下で水を持ったまま迷っていると、障子《しょうじ》が開いた。盆に乗った水差しとコップを見て、青藍はふいと中に引っ込んでしまった。

「――……中、置いてくれ」

それが、青藍に許されている気がして少しうれしい。

茜が机に盆を置いて水を注いでいる横で、青藍は難しい顔をして腕を組んでいた。机の上には、今日撮影した色打ち掛けの写真が十枚ほど並べられている。

その横には引き出しが、棚から引き抜かれた状態で重ねられていた。一つ一つが大きな羊羹《ようかん》ほどの長方形の入れ物で、中には扇子の骨が大きさ違いで収められている。

まだ月白邸が扇子屋だった時の名残《なごり》だろうか。物珍しくてじっと見つめていると、青藍の声が上から降ってくる。

「ここがまだ扇子屋やったころ――」

青藍はどこか懐かしそうに扇子の骨を手に取った。

「こういう骨は昔、全部骨屋さんに削ってもろてた。紙屋さんに特別な紙を作ってもろて、絵師さんとこに持っていくやろ。それで絵が刷り上がるんを待つ。それを集めてまわって、組み立てて卸《おろ》すんや」

青藍の静かでゆっくりとした声が、ぽつぽつと響いた。

「その縁があって月白さんは、食うに困った絵師や職人さんらをここに住まわせたはった。そのうち芸大生やら見たこともない芸術家やらが、勝手に敷地に離れ建て始めて――」

この有様や、と青藍は障子の向こうを顎《あご》でしゃくった。

月白邸に残るたくさんの人の気配も、あちこち無秩序に建てられた離れも、庭のオブジェの数々や石窯《いしがま》も。茜はようやく合点《がてん》がいった。

かつてここは、職人や芸術家たちが集《つど》う賑《にぎ》やかな邸《やしき》だったのだ。

その中心にいたのが、邸の名前にもなった月白だ。絵師であり青藍の師匠であった。

月白は雅号《がごう》だ。本名は久我若菜《くがわかな》。久我家もまた、古くに分かれた東院の分家の一つだった。月白は久我の跡を継いで扇子屋を営みながら、絵師として自《みずか》らも筆を執《と》っていたそうだ。

青藍は真四角の引き出しから、完成した扇子をいくつか取り出した。細い帯を外して、ぱちぱちと広げてくれる。

「これが干支《えと》で、これが百鬼夜行《ひやつきやぎよう》。これは秋のお茶席で使う兎《うさぎ》の扇子——」

面にはどれも淡い色使いで、動物たちが生き生きと描かれていた。

「月白さんは元々干支の扇子を手がけたはってな。動物を描くんが上手やった。鼠《ねずみ》とか、兎とか。人間を描く時もみんな動物にしてしまわはる」

青藍がまたぱちりと扇子を開いた。

「——月白さんが陽時を描く時は、いつも金色の猫やった」

青藍の手元にあるそれは、扇子の面に直《じか》に描かれた一点ものだった。

右端に一匹、背筋を伸ばした猫が描かれている。艶《つや》やかで整った毛並みを持つ金色の猫だ。甘く垂れた目元とどこか耽美《たんび》な雰囲気に、これは陽時だと茜もすぐにわかった。

「一人でええて背筋伸ばして生きてるくせに──存外甘えたがりなんやろな」

たった一匹、胸が痛くなるほどの孤独を感じる。それでも金色の猫はずっと背筋を伸ばしたまま遠くを見つめていた。

自由を愛して気ままで奔放《ほんぽう》で──そのくせさみしがり屋なのだ。

青藍はふと笑いをこぼした。鋭い目尻が柔らかく細められている。

「あいつが、詩鶴さんをさらって逃げる言うんやったら──なんでもしてやったのにな。最後の最後で、手ェ出せへん阿呆や」

茜もわずかに微笑んだ。

青藍と陽時の間には、友だちでも仕事仲間でもない深い絆《きずな》があって、それが少しうらやましいと茜は思うのだ。

青藍は金色の猫の扇子を傍《かたわ》らに置いたまま、黙って机の上の写真を眺め始めた。黒曜石の瞳はもう茜に向けられることはない。

こうなると茜の出る幕はない。茜はそっと青藍の部屋をあとにした。

渡り廊下からふと庭を眺めた。月は天頂を越え今日も月白《げっぱく》の光で庭を満たしている。時折風が木々を揺らして、ざわざわと音を立てた。

あの庭の奥に桜の木がある。秋に花をつける季節外れの桜だ。

茜は青藍がいるはずの離れを振り返った。

月白は人を動物にたとえて描くのが好きだったという。では彼は、青藍を何にたとえたのだろうか。

茜の頭の中からは、あのさびしそうな一本の桜が離れなかった。

次の朝、茜がすみれと母屋《おもや》を訪れると、陽時がテーブルで大胆に突っ伏していた。

「……頭、痛い……水、欲しい」

「二日酔いですか？」

陽時は上下ともネイビーのぶかぶかのスウェットのままだった。月白邸の中にいる時も、ブランドもののデニムやカーディガンを身につけていて、いつもオシャレな陽時が、こんなに気の抜けた格好をしたところは見たことがない。

肩からバスタオルがずり落ちているところを見ると、シャワーを浴びた後水を求めて食堂で力尽きたらしい。

茜がテーブルに冷えた水を置いてやると、陽時がそれを一気に飲み干した。

すみれが青藍を起こしに、ぱたぱたと走っていくのを見つめながら、茜は陽時に声をかけた。

「陽時さん、朝ご飯食べられそうですか？」

「……ごめん」

そうだろうなと思っていたので、茜はコーヒーの準備を始めた。

陽時にあたたかいコーヒーを出して、三人分の朝食の用意が調《ととの》ったころ。青藍がすみれに手を引かれて、のそりと姿を現した。昨夜は遅くまで起きていたのだろう。寝不足だとありありと顔に書いてある。

炊きたての白米に茄子《なす》の味噌汁、だし巻き卵の朝食を食べていると、すみれがぱっと顔を上げた。

「茜ちゃん、今日も遊びにいってもいい？」

「いいよ。児童館？」

すみれがううん、と首を横に振った。

「デートなの」

がたん、と音がして茜がそっちを向くと、青藍と陽時がすみれを凝視《ぎょうし》していた。陽時の手からマグカップが滑り落ちている。空で良かったと茜は息をついた。

「今日はカズマくんのおうちにいくことになったんだよ。同じクラスで、昨日児童館で遊んだんだ。デートなんだって」

なるほど、と茜はまんざらでもない気持ちでうなずいた。

すみれは父に似て少しばかりおっとりしたところがあるが、目元などは母似で贔屓目《ひいきめ》なしでかわいいと思う。

自分の妹が人気があるというのは、なかなか悪くない気持ちだった。

だが大人二人はそうでもないらしい。

「すみれちゃん、初めてのデートで家に呼ぼうとする男はやめといた方がいいよ」

茜はテーブルに突っ伏しそうになった。

「陽時さん、小学一年生同士の話です」

「先にそいつをうちに連れて来《き》ぃ」

「青藍さんまで何言ってるんですか」

なおも引き留めたがる青藍と陽時をなだめて、茜は昨日の菓子の残りをすみれに持たせた。挨拶《あいさつ》の練習をさせてから送り出す。

食堂に戻ると、ソファではまだ納得しかねるらしい陽時がぶつくさつぶやいていた。

「帰ってきたら、そのカズマくんってのと、おれとどっちが格好良かったか聞くんだ」茜は肩をすくめた。上下スウェットでソファに手足を投げ出しているのに、だらけているというより色気があると思わせる男だ。これと比べられては、カズマくんとやらに酷というものである。

この調子だとすみれに本当に彼氏ができた時は大変だな、と茜はそこまで考えて、ふとうつむいた。

そんな心配の必要はない。それまでにはきっとこの邸からは離れているだろうから。

二年半後――茜が高校を卒業して働ける歳になったら、茜とすみれは二人で暮らしていくことができる。

そうしたら、ここに住む理由がなくなる。

遠くないうちに訪れるはずのさびしさをふいに感じて、茜は小さくため息をついた。

「――起きぃ」

仕事場に行っていたらしい青藍が戻ってきて、ソファでぐったりとしていた陽時を床に蹴《け》り落とした。陽時がのそのそと顔を上げる。

「痛《いて》えよ」

青藍が無言で陽時の前に一枚の紙を広げた。艶めく赤色の地に金箔《きんぱく》が散り、一定の幅で弧を描いた線が引かれている。扇子の形だとわかった。

陽時が目を見開いた。

「……地は金でやると思ってた」

婚礼の末広は全面金箔を貼るのが一般的だ。

「閉じたらそれなりに見えるようにする。どうせ広げることもあらへん、バレへんかったらええんやろ」

陽時がソファを背もたれに、床に座り込んで、じっとその紙を見つめていた。深い緋《ひ》色は詩鶴の色打ち掛けそのものに見える。

「いい色だね。よく見つけたな、こんな色」

「月白さんが残してくれた紙の中にあった」

扇子に使われる紙は、骨を差し込めるように特別に貼り合わせられたものだ。青藍が生《き》糸《いと》を織り込んだような、不思議に艶のある紙を指先でなぞった。

青藍が卓の上に写真を広げる。

「この意匠《いしょう》、どこまで使う」

艶めく赤い地に色とりどりの意匠が施《ほどこ》されている。裾《すそ》には金糸銀糸《きんしぎんし》の流水文、連なる藤の花の下で一羽の鶴が空を仰いでいる。

陽時が口元に手を当てて考え込んだ。

「どうしようか。よく見るとけっこう珍しいデザインなんだよね」

「ああ。鶴も藤も婚礼の吉祥文《きっしょうもん》やけど、鶴が一羽いうんは珍しい」

茜が首をかしげると、陽時がこつんと写真を指で叩いた。

「鶴は一生相手と添い遂《と》げるからって意味で、縁起《えんぎ》のいい動物なんだ。だから婚礼衣装には二羽以上描かれることが多いんだけど」

陽時が腕を組んだ。

「詩鶴姉さんの当時の相手がデザインしたらしいから、吉祥文に見せかけてもしかしたらお互いのことを織り込んだのかもね。だとすると鶴は詩鶴姉さんで、藤が相手のことだ。扇面に両方入る？」

青藍がうなずいた。

茜は二人のやりとりを、どこか心ここにあらずでぼんやりと聞いていた。

詩鶴の相手は、京都の美大生だったという。大学卒業と同時に結婚するつもりだったそうだ。八年前の話だから今は三十歳前後。

茜は一枚の写真から目が離せなかった。

垂れ下がる満開の藤の花が、風に揺られてさざめくことを藤波《ふじなみ》というそうだ。藤波の下に金糸で小さな刺繍《ししゅう》が施されていた。

くるくると丸が連なっているように見える、小さな文字——雅号だ。

「……佐喜《さき》先生だ」

青藍と陽時がいぶかしそうに茜を見ている。

けれど、と茜は唇を噛みしめた。

佐喜の左手の薬指に指輪がはまっていることに、茜は気づいていた。

4

月曜日の放課後、茜《あかね》は美術準備室に佐喜を訪ねた。

芸術系非常勤講師の肩身は狭い。佐喜の居場所は職員室にはなく、一人美術準備室にいることが多かった。

準備室には美術部員たちの描きかけの絵が乱立していた。その隙間《すきま》に押し込められている小さな机で、佐喜は職員室から押しつけられた書類に一枚一枚判を押しているところだった。

「手伝います、佐喜先生」

そう言うと、佐喜はうれしそうに笑った。

「ありがとう。今日はおれが子どものお迎え当番やから、焦《あせ》ってたんや」

照れたように笑う佐喜の姿に詩鶴《しづる》と陽時《はるとき》が重なって、茜の胸の奥がぎゅうと痛んだ。

途中まで手伝ったところで、茜は切り出した。

「――わたしの知り合いに、紀伊《きい》詩鶴さんという人がいます」

佐喜が手を止めた。一瞬驚いたような顔をして。やがて切なそうに微笑んだ。

「そうやったんか……。東院《とういん》の知り合いがいる言うてたもんな。あの人の家も、確か古い分家やったっけ」

茜は無言でうなずいた。

佐喜は画材入れの中から、一枚の写真を取り出した。

「原画は渡してしもたから、結局おれには写真しか残らへんかったんや」

そこには、見慣れてしまった緋《ひ》色があふれている。

金泥《きんでい》で流水文が、その中で空を見上げるように立つ一羽の鶴と、覆《おお》い被《かぶ》さる美しい藤波《とうは》が描かれた日本画の写真だ。端に佐喜の雅号《がごう》が記されていた。

「大学生のころおれが描いたんよ。詩鶴ちゃんとはこれを着て結婚しようて約束してた」

大学を卒業したら、詩鶴と二人でどこか遠い土地へ行くつもりだった。

式はしなくていいから色打ち掛けを作りたい。佐喜はアルバイトで、詩鶴は小遣《こづか》いを少しずつ貯めて二人で資金を出し合った。

色打ち掛けが仕立て上がるという、その冬の日。六畳ワンルームのアパートに詩鶴の父と母がそろって訪れた。筆彩堂《ひっさいどう》でアルバイトをしていた佐喜にとっては、雇い主でもあった。

娘とは別れてくれと一方的に告げられ、アルバイトもその日でクビになった。悲しむより先に驚きが勝った。こんなドラマのようなことが本当に起こるのかと。

そのあとも紀伊の家は徹底して、佐喜と詩鶴を会わせようとしなかった。

「……それきり一回も会《お》うてへん」

佐喜が吉祥文をなぞる。

「……会いに行こう思たら行けたんやと思う。探し出すことも、今度こそ会うて一緒に逃げることかてできたんやけど……結局おれは、諦《あきら》めてしもうたんやろうな」

一時の感情に振り回されて、互いの人生を壊すのが怖かったのかもしれない。

春になって新しい生活が始まった。日々更新される出会いの中で、会えない人への情熱を抱き続けるのは、思っているよりずっと難しかった。

佐喜は無意識に左薬指の指輪に触れていた。

「三年前に結婚した。子どもも二歳になる」

茜は黙ってうなずいた。詩鶴に会ってほしいとはもう言えなかった。

「詩鶴さんも、来月結婚するそうです」

佐喜が柔らかく目を細めた。どこか痛いものを飲み込むような顔だった。

佐喜がずっと遠くを見つめる。今よりほんの少し幼さの残る、二十二歳の情熱に振り回されていたころの、佐喜の顔が重なったように見えた。

「――一生懸命やった。おれたち二人とも本当に一生懸命やったんよ」

美術準備室から教室へ戻りながら、茜はぼんやりと考えていた。

もし佐喜が詩鶴より一つか二つ年上で、大学を卒業していたら。――もっと早く京都を捨てる決意をしていたら、茜の父と母のようになったのだろうか。

茜の父と母は京都で出会い、父は家を捨てて母と東京で暮らすことを選んだ。

父と母も情熱の中にいたのだろうか。そう思うと遠い日の二人を垣間《かいま》見たような気がして、ひどく不思議な心地だった。

次の週末、茜は青藍《せいらん》の使いで再び筆彩堂を訪れた。

青藍の末広《すえひろ》は細長い桐《きり》の箱に収められて、無事詩鶴の手に渡った。閉じた時は金色に、開くと金の散った赤い地が現れる、美しい作りになっていた。

ぱちりと開いて、詩鶴は目を見開いた。

左端の藤の花のそばには牡丹《ぼたん》が。右端で、鶴は二羽で仲睦《むつ》まじく体を寄せ合っている。

それだけで詩鶴は全部を理解したようだった。

「——……幸せにならはったんやろうか」

佐喜と同じ痛みを噛みしめるような顔をして。けれど茜には、どこかほっとしているようにも見えた。

かつての想いを過去にする、誰もが通る苦い道だ。

詩鶴は末広をぱちりと閉じた。もう二度と、閉じたまま開くことはないのだろう。

詩鶴は陽時に似たあの柔らかな笑顔を見せてくれた。

「うちの旦那さんになる人はね、一回り年上で、お見合いやったんやけど……素朴でええ人なんよ。ちゃんと上手《うま》いことやっていけるんとちがうやろか」

すべてをぐちゃぐちゃに壊してしまうような、苛烈《かれつ》な情熱ではなくても、穏やかで優しい幸せがある。

選べなかったものを思い出にして、人は進んでいくしかないのだ。

陽時がぱっと笑った。

「――そうだね。幸せになってよ、詩鶴姉さん」

御《ぎょ》しきれない苛烈な情熱を、自《みずか》らの理性と優しさで蓋《ふた》をして。きっと陽時は、この人の前でいつだって笑っているのだろう。

茜は切ない胸の痛みに、見ない振りをした。


二週間後の美しい秋晴れの吉日。陽時と青藍は詩鶴の結婚式へ招待されていた。

迎えの車が到着して十数分、月白邸《つきしろてい》の玄関先では青藍と茜の攻防が続いている。

母屋《おもや》の玄関にしがみつきそうな勢いの青藍を、茜はなんとか石畳へ押し出した。青藍は陽時がどこからか誂《あつら》えてきたタキシードを着ていた。

青藍も陽時も、ワックスで髪を丁寧《ていねい》に整えている。

洋服の青藍は未《いま》だに見慣れない。陽時の見立てなのだろうが、二人そろうと脚の長さが存分に生かされていて、隣に並びたくないなと茜は無意識に距離を取った。

「神社から披露宴《ひろうえん》、二次会まで……冗談やあらへん。やっぱりぼくは行かへん」

「何を言ってるんですか。ほら、せっかく着がえたんですから」

青藍にタキシードを着させるだけでも、すみれと二人がかりでなだめすかして袖《そで》を通させたのだ。すみれが青藍の着物を容赦《ようしゃ》なく引っぺがすのを見て、あの子に怖いものはないのだと、茜は感心した。

陽時が青藍の腕を引っ張った。

「ほら、車待たせてるんだから。時間ギリギリなんだよ、急いで」

「陽時さん、これ青藍さんの招待状とお財布とハンカチです。青藍さんは、会場に入ったら時計は外して、スマートフォンは電源切ってくださいね」

青藍のセカンドバッグを陽時に託す。

「それから青藍さん、披露宴も二次会も、お食事を残すのはだめですよ」

「……お前はぼくの母親か」

「やりそうだから言ってるんです。おいしいお酒も飲めるんですから、がんばってきてください」

茜はきっぱりと言って、門の外に押し出した。

しぶしぶ車に乗り込んだ青藍が、吐き捨てるように言った。

「……あんなところで飲む酒が美味《うま》いもんか」

門の前で見送ろうと思っていた茜のそばに陽時が駆け寄ってきた。顔の前で両手を合わせる。

「青藍、帰ってきたら機嫌最悪だと思う。何かあいつの好きなもの、作っといてやってくれないかな──紀伊の結婚式だから、東院も勢揃《せいぞろ》いしてる。青藍、あの人たちのこと嫌いだから」

茜は戸惑《とまど》いながらもうなずいた。

東院は父の実家の人たちだ。葬式で一通り紹介されたが、数が多くてあまり覚えていない。叔父《おじ》たちは青藍のことを、人嫌いの絵師だと吐き捨てるように言っていた。青藍と東院は、あまり折り合いが良くないのかもしれない。

車の中の青藍はいつもよりずっと不機嫌そうに見えた。

すみれが車に駆け寄った。

「すみれ、帰ってきたら青藍と一緒にご飯食べたい。六時からテレビも見るの！　茜ちゃんのオムライス、すみれも一緒に作るんだ」

青藍の目元がふと緩んだ気がした。

「……六時までには帰る。茜──」

「は、はい！」

茜は慌てて顔を上げた。

「オムライス。それと酒に合う肴《さかな》」

陽時が茜の隣で肩を震わせた。何かを押し殺すように深い息をつく。

「……おれも、オムライスがいいな。元気になれそうだから」

ワックスで整えられた陽時の金色の髪が朝の光にきらきらと輝く。陽時がまぶしそうに目を細めて見る先に、詩鶴の花嫁姿があるのだろう。

茜は一つうなずいた。

「陽時さんが元気になるもの、作って待ってます」

「──うん。がんばって、祝福してくるよ」

青藍と陽時を乗せて、車は滑るように路地を曲がっていった。

穏やかな朝だ。庭の木々を揺らす風は、すでに冬の気配を孕《はら》んでいる。

茜はすみれを見下ろした。

「すみれ、オムライス練習しようか。夕方までには上手になるよ」

すみれがぱっと顔を上げた。ぴょんと髪が飛び跳ねる。

「青藍と陽時くんの分、すみれが作るよ！」

満面に笑みを浮かべて玄関へ駆け込んでいく。

あの二人は妹の笑顔を取り戻してくれた。だからせめて、戻ってきた二人が笑顔になれるように。

茜も精一杯のことをしようと思うのだ。

三　赤朽葉の夢の先

1

十一月も半ばを過ぎると、月白邸《つきしろてい》の庭は一気に濃い赤色に塗り変わった。葉の落ちきった桜の代わりに、紅葉《もみじ》が鮮やかに染まり始めている。

茜《あかね》は脱水の終わった洗濯物の籠《かご》を手にしたまま、思わず庭の光景に見入っていた。

月白邸の庭はおおよそ手入れとは無縁で、森のように木々が好き勝手に伸びている。空を覆《おお》い隠すように広がった紅葉に、柔らかく朝日が透ける様はこの上なく贅沢《ぜいたく》な光景だった。

「茜ちゃん、早く」

すみれの声に茜は我に返った、小学生の妹はその腕いっぱいにシーツを抱《かか》えている。

「ごめんね、急ごうか」

気温は冬を感じさせるほど低くなったとはいえ、これから日がたっぷりあたる時間になる。今干せば夕方には気持ちよく乾くはずだ。

茜が月白邸の洗濯事情に唖然としたのは、この家に世話になるようになってからすぐのことだった。洗濯機を借りようと母屋《おもや》に向かったら、キッチン同様ほとんど使った様子がない。申しわけ程度に置かれていた洗剤は聞けば二年前に買ったきりだという。

どうしているのかと聞いてみたら、青藍《せいらん》も陽時《はるとき》も下着からシャツ、シーツまでまとめて全部クリーニングに出すのだそうだ。

茜とすみれの服も、と言われ慌《あわ》てて首を横に振った。冗談ではない、茜が好んで穿《は》いているいる量販店のジーンズなど、クリーニング三回で一枚買えてしまう計算になる。

洗濯機を掃除し洗剤を新しく買い入れ、倉庫から物干し竿と台を発掘して離れの庭に立てる。それを青藍と陽時が何ごとかと見ているのが、なんだか無性に腹立たしかったのを、茜は未《いま》だに覚えている。

洗濯物を干し終わって母屋に籠を持って戻ると、食堂からがたんという音が聞こえた。

「青藍だ！」

すみれが顔を上げる。てっぺんでくくった髪がぴょんと揺れた。

朝食をとったあと、青藍は仕事場に引きこもっていたはずだが、戻ってきたのだろうか。

茜はスマートフォンを引っ張り出して時間を確認した。午前十時。家事も一段落したことだし、コーヒーと何か軽くつまめるものでも用意しようか。茜がそう考えていると、先に食堂に飛び込んだすみれが、慌てて戻ってきた。

「茜ちゃん……誰かいる」

茜は眉をひそめて、そっと食堂をのぞき込んだ。

対面式キッチンの向こう側でごそごそ何かが動いているのが見える。青藍でも陽時でもない。第一、陽時は今日仕事に出てしまっている。

茜は息を呑んだ。——知らない人だ。

ふいにその人がこっちを向いて、茜としっかり目が合った。

短く切りそろえられた茶色い髪の下に、ややつりがちな目。大きめのブレザーを着ているから、茜と同じ高校生かもしれない。身長は茜より少し高いくらい、男の人にしてはやや小柄だ。左右の耳に一つずつピアスがあいていて、ごつごつとしたシルバーのクロスが光っていた。

茜は反射的に、すみれの体を自分の背中へ押しやった。

「……どちらさまでしょうか」

門には鍵がかかっていたはずだ。

「そっちが誰や？」

大股《おおまた》でキッチンから出てきたその人は、茜をじろりと睨《にら》み付けた。

「仕出し屋さんか？　中まで入ったらあかんて言われてるやろ」

「いえ、わたしは——」

「違うんか？　それやったら陽時さんの女？　あの人こんなとこまで連れ込んでんのか。しゃあないな。青藍さんが気ぃつく前に――」

「違います。こちらでお世話になっている、七尾《ななお》茜と申します」

茜はきっぱりと言い切った。

「あぁ？」

彼の顔が嫌そうに歪《ゆが》んだ。ぎゅうっと額《ひたい》に皺《しわ》が寄って、大きな口が横に引きつっている。表情豊かな幼さの残る顔立ちで、茜は同級生の男子と向き合っている気分になった。

「なんや青藍さん……そんなん雇わはったんか。――いらん。出ていけ」

ビシッと玄関の方を指差されて、茜は絶句した。

その時、すっと影が差した。

「――朝からやかましい」

不機嫌そうな声が上から降ってくる。茜がおそるおそる見上げると、青藍が不機嫌そうな顔で立っていた。

「茜、茶」

鬱陶《うっとう》しそうに髪をかき混ぜながら、片手を懐手《ふところで》にした青藍が大きなあくびをこぼした。着物の裾《すそ》が乱れて長い脚がはみ出している。朝食のあと二度寝したのだろう。

「あ……はい」

茜はうなずいて、あの、とつぶやいた。先ほどからナイフのような視線が突き刺さってくる。あの小柄な青年からだ。青藍と茜を信じられないと言わんばかりの目で見ている。

青藍が彼を一瞥《いちべつ》して、小さく舌打ちした。

「……そいつは、ぼくの依頼主だ」

仕事部屋から一抱えもあるファイルケースを持ってきた青藍が、居間のソファに腰を下ろした。

その向かいに埋もれるように座った青年は、茜に名刺を突きつけた。

——株式会社ＥａｓｔＧａｔｅ、営業部営業二課、三木涼《みきりよう》。

この人、まさか年上だったのか。

危うく口に出しかけて、茜はとっさにこらえた。本当に同い年ぐらいかと思っていたのだ。年齢を聞けば二十三歳だというから、茜より六つ年上ということになる。

ＥａｓｔＧａｔｅは茜でも知っている大手の広告代理店だ。企業から広告の制作やイベントの企画を請《う》け負うのが仕事で、時折青藍に絵やデザインを依頼しているのだと涼は言った。

茜が淹《い》れた茶に口をつけた涼が、青藍のそばに立っていた茜をじろりと睨み付けた。

「不味《まず》い。お前、使用人のくせにまともな茶も淹れられへんのか」

茜はこらえるように、ぐっと唇を嚙みしめた。

「すみません……淹れ直します」

茜がキッチンへ駆け込もうとした時。茜の後ろに隠れていたすみれが、止める間もなく叫んだ。

「茜ちゃんとすみれは、このおうちの子だもん！」

「すみれ！」

茜は慌ててすみれの肩を叩《たた》いた。この人は青藍の仕事相手だ。

「──茜」

静かな声で呼ばれて、茜ははっと青藍の方を向いた。その顔が不機嫌そうにしかめられている。これは本当に怒っている時だ。

青藍はファイルを卓に置いて、涼を見やった。

「こいつは妹と一緒に月白邸に引き取った。使用人やあらへんし、涼、お前が顎《あご》で使《つこ》てええことあらへん──そうやろ、茜」

じろりと青藍の黒曜石の瞳に捉《とら》えられて、茜は背筋を伸ばした。

ここが自分の家だと言ってもいいのだということを、茜はすぐに忘れてしまう。

——たとえそれが、限りあるほんの少しの時間だとしても。

「はい。月白邸がわたしの家です」

茜がそう言うと、青藍がどこか満足そうにうなずいた。

すみれが素早くそのソファの横に飛び乗る。涼には警戒心を抱いているようで、じっと睨み付けていた。毛を逆立てた子猫みたいだ。

「なんで……！　ここにはもう誰も住まわせへんて」

涼が茜とすみれ、青藍とせわしなく視線を巡らせた。口をとがらせてふてくされる様は、ますます幼く見える。

「おれかて、もう一回ここに住みたいです」

青藍はソファに身を預けると鬱陶しそうに涼を睨み付けた。

「やかましい。これ以上、人増やすつもりあらへん。それから出された茶は飲め。出されたもんに礼の一つもなく文句つけるなんて、何様のつもりや」

これ以上ないほど自分を棚に上げて青藍がそう言うと、涼が悔しそうな顔で湯飲みを手に取った。

じろりと睨み付けられて茜は身を縮めた。涼は額にぎゅうっと皺を寄せて、口がへの字に曲がっている。お前なんか嫌いだと顔に書かれているようで、腹立たしいより先に茜は妙に感心してしまった。陽時とはまた違って、感情が豊かに顔に出る人だ。

涼がこの世の憎しみを全部集めたような顔で、茜の淹れた茶を飲み干した。

「……どうも、ごちそうさまでした！」

青藍が目を細めてふ、と笑った。

「――ようできたな」

子どもを褒《ほ》めるような声音だった。それだけで涼の顔がぱっと明るくなる。

「はい――っ！」

それが、犬が飼い主に尻尾を振っているようで、なんだか微笑ましかった。

茜はすみれを促《うなが》して、キッチンへ戻った。涼が青藍の持ってきたファイルケースを開いたからだ。そこから先は仕事の話なのだろう。

対面式キッチンから居間を眺めていると、ファイルケースをのぞき込んでいた涼が、歓声を上げていた。あの中には青藍の絵が入っているに違いない。

青藍と涼の間には、陽時とはまた違った気安さと信頼があると茜は思う。

月白邸の天才絵師、久我《くが》青藍は人嫌いで有名だ。それでもなんとか一枚でも絵を描いてもらおうと、月白邸にはひっきりなしに人が訪ねてくる。門前払いを食わされて帰る人を茜も何度か見ていた。

その青藍があんな風に絵を託すのだから、涼はよほど彼の信頼を勝ち得ているのだ。

キッチンの片付けをしながら、茜はふと考え込んだ。さっき涼から聞いた言葉だ。

——もうここには誰も住まわせない。

青藍が、そう言ったのだろうか。

この月白邸は以前、食うに困った職人や芸術家たちを住まわせていたことがあるという。

いつからこの月白邸には、青藍だけになってしまったのだろう。

そうして……どうして青藍は誰も住まわせないと決めた家に、茜とすみれを受け入れてくれたのだろうか。

茜は居間の青藍をじっと見つめて、小さくため息をついた。

もしかすると青藍の一時の気まぐれで——いつかあっさりとなくなってしまうものなのかもしれない。茜はいつもそう自分に言い聞かせている。

そうでないとその時が来たら、きっと自分は耐えきれないだろうから。

「——茜ちゃん！」

すみれに袖《そで》を引かれて、茜は顔を上げた。すみれが目を輝かせて居間を見つめている。

「みてみて！　この間ドラマでやってた！　すみれ知ってるよ」

すみれの視線の先を見て、茜はぽかんと口を開けた。

見事な土下座だった。

居間のラグに膝《ひざ》をついて、涼が盛大に頭を下げている。ごつん、と音がしそうなほどの勢いだった。

「頼みます……どうしても青藍さんやないとあかん仕事なんです！」

「……嫌や」

それをソファで青藍がじろりと見下ろしている。

すみれの言う通り、まるでドラマのワンシーンのようで。茜もすみれも、しばらく固唾《かたず》を呑んでその光景を見守っていた。

その夜、月白邸の食卓には秋と冬の初めの味覚が勢揃《せいぞろ》いしていた。

鱚《きす》と牡蠣《かき》の天ぷらに少し旬《しゅん》の早い鰤《ぶり》の刺身、秋茄子《あきなす》はたっぷりの鰹節《かつおぶし》と共に煮浸《にびた》しにする。春菊はさっと湯通ししておひたしに、食卓に小さなコンロを用意して、鰤あらの雑炊《ぞうすい》の準備も整えてある。肉より魚を好む青藍のために、夕食は和食になりがちだ。

食卓の空気はやや重く、茜がちらりとうかがうと、目の前で青藍が不機嫌そうに黙々と箸《はし》を動かしていた。

その隣では仕事から帰ってきたばかりの陽時が、ストライプのグレーシャツにスラックスのまま、その襟《えり》を第二ボタンまでくつろげている。

「――それで引き受けたの、その仕事」

青藍は茄子の煮浸しを頬張《ほおば》ったまま、無言でうなずいた。

数カ月前、涼が青藍に持ってきた仕事の中に、近々オープンする高級旅館の、ロビーに飾る掛け軸の依頼があった。

その旅館が今週の日曜日にグランドオープンを迎える。そのセレモニーで青藍の掛け軸をお披露目《ひろめ》するから、顔を出して挨拶《あいさつ》の一つでもしてくれないか、というのが涼の頼みだった。

「今までそういうの、ほとんど出たことないのに。まあ涼が土下座までするんだから、よっぽど青藍に顔出してほしいんだろうけど」

陽時が首をかしげる。青藍が無言で視線をそらした。答えるつもりはないと言いたいらしい。

茜はふと問うた。

「三木さんって、前に月白邸に住んでいたことがあるんですか？」

もう一度ここに住みたいと涼が言ったのを思い出したからだ。

陽時がうなずいた。

「うん。高校生の時にちょっとだけ下宿してた。大学時代からＥａｓｔＧａｔｅでバイトしてて、そのまま新卒で入社したんだよ。それであれこれ青藍に仕事持ってくるようになった」

一口に絵師や画家といっても、様々に活動の方法が違うというのは、茜も知っていた。絵そのものを画廊や個展で売ることもあれば、展示会やコンクールに出品することもある。企業からの依頼で絵やデザインを提供することも多い。

涼は大学時代から画廊や美術館にも顔が広く、自社の依頼だけではなく、どこからかふすま絵や屏風絵《びょうぶえ》の依頼や、絵の修理の仕事なども持ち込んでくるそうだ。

「……毎回断ったろう思うてんのやけどな」

青藍が苦い顔をしてそう言うと、陽時が肩を震わせた。

「あいつ見た目は小さいヤンキーだけど、青藍好みのいい仕事持ってくるんだよね」

「――……まあ、悪ない」

青藍一流の褒め言葉だ。そう言わせるだけ涼の持ってくる仕事は魅力的だということだ。

青藍は人嫌いで仕事に対しては相当に選《え》り好みが激しいらしい。けれど絵のことになると、純粋で子どものような顔をして好奇心をあふれさせるのを、茜は知っている。

涼はあの顔を引き出すのがとても上手《うま》いのだろう。

黙って牡蠣の天ぷらを頬張っていたすみれが、口をとがらせた。

「……でもすみれ、あの人きらい」

むーっと頬を膨《ふく》らませる。

「あの人茜ちゃんのこといじめた。それにすみれと茜ちゃんのこと、このうちの子じゃないって言ったもん」

どうやらすみれは、さっきの涼との出会いでずいぶんと彼を毛嫌いしてしまったらしい。

茜はたしなめるように言った。

「あれは三木さんが勘違いしただけだよ。それに、いじめられてないから大丈夫」

その横で、陽時がうんうんとうなずく。

「いいよいいよ、むかつくもんねあいつ。嫌いだよね」

「安心しろすみれ。二度と家入れへん」

青藍までが心なしかキリリとした顔でそう言うものだから、茜は焦《あせ》った。

「すみれ、一回会っただけでちゃんとお話もしてないのに、嫌いって決めつけるのはだめだよ。次に会ったら、もう少し話してみよう？」

すみれはしばらくむっとしたまま考え込んでいたが、やがてしぶしぶうなずいた。

「……そっか。わかった」

茜は息をついた。きっ、と大人二人を睨み付ける。するりと目をそらされた。

この人たちはすみれのことになると、度を超えて甘くなる。放っておくと、すみれがとんでもなくわがままに育ちそうだ。

自分がしっかりしなくては。亡くなった父と母に代わって、すみれをちゃんと育てるのが、茜の役目なのだから。

それに実のところ、茜は涼のことを、それほど苦手と思っていない。

涼は茜やすみれのことが嫌いなのではなく、青藍とこの月白邸をとても大切にしているのだとわかるからだ。

青藍に褒められて顔を輝かせていた涼を思い出す。茜を思い切り威嚇《いかく》することといい、忠義者の番犬みたいだな、と思って少しおかしくなった。

茜が食後のお茶を、すみれがお菓子を抱えて居間に行くと、青藍がふと顔を上げた。

「すみれ。来月の頭の日曜日、空《あ》けておけ」

「なあに？」

青藍がふい、とよそを向いた。

「……まじかるプリンセス」

それを聞いた茜と陽時は、そろって目を剝《む》いた。二十六歳の獣の目をした男から飛び出すには、ずいぶんと可愛いらしい単語だったからだ。

「……冬の映画、大阪で試写会がある」

「映画……まじかるプリンセスの!?」

すみれが文字通り飛び上がった。

ぼそぼそとした青藍の言葉をつなぎ合わせて、茜はおおよそこうだろうか、と見当をつけた。

来月に大阪で、この冬公開の魔法少女ものの映画『まじかるプリンセス』の試写会が行われる。その映画の宣伝に一枚嚙んでいたのが、涼の勤めるＥａｓｔＧａｔｅだ。関係者ばかりの試写会だが、茜とすみれの席を確保するくらい簡単だと、涼が言った。

陽時がぽかんと口を開いた。

「もしかして、そのなんとかプリンセスっていう映画のために、あの仕事受けたの？」

青藍が苦々しく顔を歪めた。

「……行きたいんやろ、すみれ」

すみれがぱあっと顔を輝かせた。

「うん！　ありがとう、青藍」

すみれが満面の笑みをこぼす度《たび》に、茜もうれしくなる。甘やかさないでください、無理はしないでくださいと本当は言わなくてはいけないとわかっているのに。

これでは大人二人のことを何にも言えない。

すみれを一番甘やかして笑顔を見たいのは、本当は誰より茜なのだから。

「楽しみだね、茜ちゃん！」

「うん。あ、でも青藍さんが取ってくれたチケットです。良かったら青藍さんがすみれと一緒に行きませんか！」

その瞬間、隣で陽時が腹を抱えて崩れ落ちた。

「茜ちゃん面白すぎるでしょ、それは……っ」

茜にしてみれば完全に厚意からの提案だったのだが、ふと想像した。着物姿で獣の目をした男と、七歳の女児が魔法少女アニメの試写会に連れ立って訪れる様を。

「……すみません」

正直なところちょっと見てみたいな、とは思ったのだけれど、青藍にすごい目で睨まれたので、茜は賢明にもおとなしく口を閉じておいた。

2

次の日曜日、例によって茜《あかね》は青藍《せいらん》の『連れ出し係』として、旅館のグランドオープンのセレモニーに同行することになった。

すみれは友だちの家に行くと言っていたし、陽時《はるとき》は午後から仕事なのだそうだ。

平安神宮《へいあんじんぐう》の東、東山《ひがしやま》の麓《ふもと》に位置するエリアは、蹴上《けあげ》と呼ばれている。

琵琶湖疎水《びわこそすい》が緩やかな流れを刻み、蹴上インクラインと呼ばれるかつて船運のために使われていた線路が道路の脇を走っている。元は明治時代に敷かれたその線路の脇には、左右に紅葉《もみじ》が覆《おお》い被《かぶ》さって鮮やかな朱色の道を作り上げていた。

よく晴れた空を切り取るように揺れるその鮮やかさに、茜は思わず口元を緩めた。茜は目の前にひらりと舞い落ちる葉をひろい上げた。日の光にかざすと、鮮やかな橙《だいだい》色だった。

「こういうの、たしか赤朽葉《あかくちば》色って言うんですよね」

青藍の仕事部屋に並ぶ絵具の中にもある色だ。朱の強い紅葉も美しいものだが、それよりもやわらかで、茜はこの色が好きだった。

青藍が立ち止まって、空を切り取る紅葉をゆっくりと見上げた。まぶしそうに目を細めて口元を緩める。

「朽葉色いうんは、朽葉四十八色言われるくらい、えらい幅広いんや。平安時代と江戸時代では全然違う色を指すしな」

そのどれもが文献に残っているだけで、本当はどんな色だったか、想像するしかない。

自然の中で、青藍はいつもより少し饒舌《じょうぜつ》だ。

「月白《つきしろ》さんは——」

青藍が小さく笑った。月白の話をする時、青藍はいつもうれしそうで少しさびしそうだ。

「人は一人一人違う世界が見えてると言わはった。紅葉一つとったかて、赤か橙か朱か、その人の心持ちや好みで色は変わるんやて」

青藍の瞳がきらきらと輝いている。その瞳に映っているものを見てみたいと茜は思う。この人の目に映る紅葉は、今何色なのだろう。

それはどんな世界で——どれほど美しいのだろう。

「青藍さんには、今どんな色に見えるんですか」

目の前で鮮やかに日の光を透かす紅葉を見て、茜は問うた。

「茜は？」

「わたしは……燃えるみたいな、炎の色でしょうか。赤や橙がゆらゆら変わるんです」

「ぼくには——日の沈む直前の夕暮れに見える」

差し込む日の光を避けるように目を細めていた青藍が、ちらりとこちらを向いたのがわかった。

「茜の色やな」

茜は息を詰めた。

「最近、赤を見ると夕暮れに見えるし、青を見ると野に咲く菫《すみれ》に見える」

青藍が少し困ったようにそう言うから。

茜は胸の奥深いところで、ぎゅうっと何かがうずくのを感じていた。

ああ、この人の絵を見てみたいと心から思う。

この人の瞳に映る、この人だけの世界を。


南禅寺《なんぜんじ》のすぐ西側に無鄰庵《むりんあん》という小さな庭がある。明治時代の総理大臣、山縣有朋《やまがたありとも》の私邸だ。疎水から引いた水を庭に通し、苔《こけ》や桜、紅葉をあちこちにあしらった名勝として、四季折々の自然の美しさを見せていた。

その無鄰庵のそばに高級旅館『京都織然《おりぜん》』はオープンする。

東京の老舗《しにせ》ホテルが、京都を舞台に新しく手がけた旅館だ。部屋数はわずか十二、どの部屋からも東山の豊かな自然を望むことができる。

車止めから細い石畳のような路地を抜ける間、茜は自分でも挙動不審だと思うくらい、きょろきょろとしていた。

石畳の脇に切り取られた小さな川の底は白砂《はくしゃ》。左右には等間隔に竹灯籠《たけどうろう》が並び、夜になれば橙色の光が淡く石畳を照らすのだろう。

自動で開閉する白木の扉には、銅板に黒文字で『織然』と書かれていた。

扉の先は広いエントランスとロビーだった。ふかふかのブラウンの絨毯《じゅうたん》がどこまでも続いている中央の大きな硝子《ガラス》窓の向こうには、美しい庭が造られていた。

その豪勢でありながら静かで整然とした雰囲気に見入っていた茜だが、次第に落ち着かなくなり、あたりを見回した。

周囲からちらちらと好奇の視線が投げかけられている。茜にではなく、その隣に不機嫌そうに立つ男、青藍にだ。

あたりをせわしなく行き来している従業員たちからのささやき声を、茜の耳はひろっていた。

「──……あれが、シュンラン?」

茜は青藍を振り仰いだ。その『シュンラン』が青藍のことを指しているようだったからだ。

青藍がぼそりとつぶやいた。

「春に嵐で、『春嵐《しゅんらん》』。ぼくの雅号《がごう》や」

雅号は絵師や書道家が使うペンネームのようなものだ。

春に嵐。

桜の花びらを巻き上げて吹き上がる荒々しくも美しい光景を想像して、茜は思わず感嘆《かんたん》の息をついた。青藍にぴったりだと思ったからだ。

それにしても、と茜は眉を寄せた。青藍の顔が端整なのも、人前にめったに出ない珍しい存在なのもわかるけれど、周りの雰囲気はどうしたことだろうか。

浮かれているふうでも、よそよそしいわけでもなく、困惑《こんわく》と戸惑《とまど》いが満ちている。青藍も気づいているのだろう。その妙な雰囲気に、茜と青藍が顔を見合わせた時だった。

「──青藍さん！」

慌《あわ》てたような声と共に、涼《りょう》が駆け寄ってきた。セットアップスーツに、やや気取って見えるストライプシャツ、手首には一目で高級品とわかるシルバーの時計。

丁寧《ていねい》に撫《な》で付けた髪の下、涼の幼い顔が心なしか青ざめているように見えた。

青藍が眉を寄せた。

「何かあったんか？」

「それが……」

歯切れ悪く涼がつぶやいた。とにかくと促《うなが》されて、涼のあとに続く。

エントランスの奥には、和と洋を見事に折衷《せっちゅう》したロビーが設《もう》けられていた。足元は絨毯であるものの、藺草《いぐさ》で編まれた椅子と柔らかな飴《あめ》色の低い卓。壁面は床《とこ》の間《ま》をイメージしたのだろう。違い棚には花瓶が置かれ、紅葉が一枝飾られていた。

その床の間に、大きな幅の広い掛け軸が飾られていた。

茜の背より縦《たて》に長く、幅も一メートルほどはある。天地は深い茶の裂地《きれじ》で光の加減で文様がうかんで見えた。風帯《ふうたい》はなく絵の上に細くあしらわれた一文字《いちもんじ》は、輝きを抑えた厚みのある銀。

茜は、震える声でつぶやいた。

「あれ……青藍さんの絵ですか……？」

無言の青藍の額《ひたい》に深い皺《しわ》が寄った。

──それは四季折々の鮮やかな自然を描いた絵のようだった。

空に向かって伸びる瑞々《みずみず》しい青竹、淡い桜が満開を迎える横には、紅葉が美しい朱に染まり始めている。奥には雪の積もる東山。

美しい自然の姿を一枚におさめた贅沢《ぜいたく》な絵——で、あるはずだった。

「どうなってる、涼」

青藍の声が低く響いた。

絵の中央にいびつで黒々とした線が走っていた。それが切り裂かれた痕《あと》だと気がつくのに、茜はしばらくかかった。

切れ味の悪い刃物で裂いた、ギザギザの汚い切り口だ。絵の端も手で押さえたように、こすれた痕がついていた。

涼が絞り出すように言った。

「……今朝、預かってた青藍さんの絵をここにかけたんです。それで、しばらく準備と案内であちこち走り回ってて……」

従業員の誰かが最初に気がついた。今日の目玉であるはずの掛け軸が切り裂かれている。混乱しているさなかに当の春嵐本人が現れてしまった。

だからあの妙な雰囲気だったのだ。

青藍が深く嘆息《たんそく》した。

「……そのセレモニー、何時からや」

「そんなんどうでもええんです。おれ、青藍さんの絵が……！」

涼の顔が今にも泣いてしまいそうなほど歪《ゆが》んでいた。ひどく取り乱していて、先日月白邸にやってきた人とは別人のようにすら思える。

涼にとって、青藍の絵はなにか特別な意味を持つのかもしれない。そう思うほどに。

「涼、お前の仕事やろ」

淡々と言った青藍に、涼がぐっと唇を結んだのがわかった。

「……このあと、東京から織然の営業担当が来るんで、一緒に会食。セレモニーは十五時、いったん解散して夜はパーティーです」

会食とセレモニー、パーティーのところで、青藍の顔が一度ずつ歪む。青藍と付き合いの短い茜でも、よく引き受けたものだと改めて思った。

「会食は出えへん。そのセレモニーとやら、夜のパーティーと一緒にやれ。涼、時間稼《かせ》いでこい。それからどこでもええから部屋を用意せえ。——茜」

青藍が懐《ふところ》から自分のスマートフォンを引っ張り出しながら言った。

「水もろてこい。コップでも何でもええから、小さい器をたくさん。あと鋏《はさみ》」

「鋏？」

「早《はよ》う」

「は、はい！」

青藍の黒曜石の瞳が、己《おのれ》の絵を捉《とら》えている。茜は走り出しかけた足を止めた。

青藍の瞳の奥から、光があふれ出すように見える。子どもが宝物を見つけた時のような
——好奇心にあふれた瞳だ。

「茜」

青藍の声は、ひどく楽しそうに聞こえた。

「ぼくの絵、見たかったんやろ。期待しててええよ」

ぶわ、と体中がしびれる。こんな状況なのに、どうしてだか鼓動が高鳴るのを感じた。

「はい！」

茜がそのあたりの従業員を捕まえて、給湯室を探す間、涼がはじかれたようにスマートフォンであちこちに連絡を取り始めた。

スタッフが総掛かりで青藍の掛け軸を運んでいくのを、茜は慌《あわ》てて追いかけた。

途中、スタッフ用の給湯室へ飛び込んで水差しに水を溜め、コップをいくつか手に取る。

そこにあった大ぶりの鋏を指先に引っかけると、青藍のために用意された部屋に飛び込んだ。

そこは客室の一つだった。

二間続きで奥に大きなベッドが二つ見える。手前のリビング部分のソファセットが端へ寄せられて、大きな長机が運び込まれていた。

そこに裂かれた青藍の絵が掛け軸ごと横たえられていた。

どこかに連絡していたのだろう、青藍がスマートフォンの通話を切って、椅子の上に放り投げる。

茜はコップと水差しをソファセットのテーブルに置いて、鋏を青藍に差し出した。

青藍が受け取ったキッチン鋏を、裂かれた場所へおもむろに突っ込んだ。茜は思わず悲鳴を上げた。

「青藍さん！」

「やかましい」

美しい絵にためらいもなく鋏が入れられていく。

青藍は絵を描き直すつもりだろうが、絵具も紙もない。茜たちが使う絵具より、日本画の絵具は準備も手間もずっとかかると聞いたことがある。

青藍は黒曜石の瞳でじっと絵を見つめていた。そこに茜の立ち入る隙《すき》はない。茜は小さく唇を噛んだ。

青藍のそばで茜ができることは、あまりにも少ない。

その時、とんとんとドアが叩《たた》かれて涼が顔を出した。顔色はずいぶん良くなって、幾分調子を取り戻したように見える。茜を見て目を細めた。

「あんた、何してるんや」

「……青藍さんのお手伝いがあればと思って」

涼はわずかに眉を寄せて、やがて言った。

「こっち手伝《てつど》うてくれへんか」

茜は一瞬目を見開いて、うなずいた。青藍にはもう茜も涼もいないも同然のようだった。机に両手をついてじっと絵と向き合っている。

ここにいるよりは、できることがあるかもしれない。そう思った。

大股《おおまた》で歩いていく涼の後ろを、茜は小走りで追いかけた。ロビーを渡った先にある細い廊下だ。応接室のドアが連なる一角だった。

茶の壁紙で統一された廊下は、足が沈むほどの絨毯が敷かれ、時々美しい庭が見えるよう窓がつくられている。足元には小さな行灯《あんどん》が、天井を仰げば細工を施《ほどこ》した電灯がぶら下がっていて、どこを向いてもなんだか落ち着かない旅館だ。

茜があたりを見回していると、ふいに涼が言った。

「おれは青藍さんの絵を切ったやつを見つけたい。不本意やけど、今信頼できるんはあんただけや」

茜は内心首をかしげた。どちらかといえば嫌われていると思っていたからだ。

「……言うとくけど、しゃあなしやからな！」

涼がふんと鼻を鳴らした。すっと真顔になる。

「……おれは、犯人はスタッフの誰かやと思てる」

青藍の掛け軸は朝からずっとロビーに飾られていた。エントランスやロビーはひっきりなしに人が出入りしていたが、床の間はロビーでも奥まった場所にある。ポケットに小さな刃物でも忍ばせていれば、簡単だったはずだと涼は言った。

ホテルの従業員と涼の会社のスタッフは、初めて顔を合わせたものがほとんど、お互い顔も名前もあやふやな状態で、一人が数分姿を見せなかったところで誰も気にしない。

「スタッフは誰もが怪《あや》しい。……絵が裂かれてることに気づいたあと来たんは、あんたと青藍さんだけや」

だから茜を信用するしかない。不本意だけれど、ともう一度しっかりと付け足して、涼は小さく嘆息した。

茜の胸の奥に、苦い気持ちがぐるぐると渦巻いている。

「犯人は、どうしてそんなことをしたんでしょう」

真ん中に黒い裂け目の入った青藍の絵は、それでもなお、人の目を引きつけるほど美しかった。あんなきれいなものを切り裂いてしまえるなんて、茜には信じられない。

涼は首を横に振った。

「青藍さんの絵はこの『織然』の目玉になる。せやから、経営してるホテル会社に恨みがあってオープンをめちゃくちゃにしてやろういうことかもしれへん。青藍さんがどこかで恨み買《こ》うたていうこともあるやろうし」

それに、と涼が小さく付け加えた。

「──おれも、敵が少ないとは言われへんからな」

涼が一番奥の応接室の前で足を止めた。そこはスタッフの待機場所になっているようで、ドアは開いたままストッパーが下ろされている。ソファセットは端に寄せられ、長机とパイプ椅子、たくさんのダンボール箱が見えた。

ひそひそと誰かが話す声が聞こえる。

「──三木《みき》て」

涼の名が出て、茜も動きを止めた。若い男の声だ。奥まったところで数人が話しているようだった。

「ずいぶん上に目ぇかけられてるやんな。何年バイトしてたか知らんけど、この仕事もほんまやったら新卒が仕切るような現場やあらへん」

ははは、と笑い声が続く。

「春嵐のおかげやろ。どこもあの絵師と組みたがってるけど、普通に行っても門前払いやて聞くしな。どうやってんのかしらんけど、三木はずいぶん気に入られとる」

「三木はあの美丈夫《びじょうふ》のお気に入りなんや。春嵐に妙な趣味でもあったりしてな」

ははは、と数人の笑い声が響いた。

「あいつは出世するんやろな。一生下っ端《ぱ》のおれらとは――生きてる世界が違うんや」

茜は手のひらを握りしめた。隣でふう、と小さく息を吐く音がして、振り返った茜はどきりとした。

涼は顔色一つ変えずに、ドアの前にたたずんでいた。

風のない水面《みなも》のように、感情を押し殺した顔だ。月白邸《つきしろてい》で見せたころころと変わる豊かな表情は欠片《かけら》もない。

少し、あの日の青藍と似ていると茜は思った。

初めて茜が青藍を見た――庭で月白《げっぱく》の光に手を伸ばしている青藍と。

涼はそのままあっさりと部屋の中に踏み込んだ。

「失礼します」

がたん、と焦《あせ》ったように椅子を蹴倒す音が聞こえる。

中にいたのは、スーツを着た数人の男たちだった。ＥａｓｔＧａｔｅの社員証を首からぶら下げている。涼や青藍たちより幾分年上のように見えた。

「休憩時間やないと思いますけど、先輩方」

男たちが気まずそうに視線をそらしたのがわかった。気圧《けお》されたように立ち上がって、ドアから出ていく。その姿が見えなくなったところで、涼が小さく舌打ちをした。

「――……まあ、そういうことや」

涼は用意されているパイプ椅子に座って、ぽつりとつぶやいた。

「……今回の依頼、社内でコンペみたいなんをやったんや」

高級旅館のロビーに見合うだけの絵で、織然のコンセプトである四季折々の自然を表現できる絵師かデザイナーが必要だった。

新卒からベテランまで十数人が企画書を提出し、最後に残ったのが涼だ。数年のアルバイト期間があるとはいえ、新卒一年目では異例の大抜擢《だいばってき》だった。

「春嵐の贔屓《ひいき》で企画通したて、おかげでおれは村八分や」

さほど気にした様子もなく、涼が鼻で笑った。

茜は男たちが出ていったドアを見つめて、ふん、と腕を組んだ。

「青藍さんが贔屓で仕事を受けてくれるなら、きっと誰も苦労しないんですけどね」

涼がきょとんとこちらを見たのがわかった。

「あの人たちは、青藍さんのことをわかってないんですよ。あの人がどれだけ面倒くさくて、仕事に対して偏屈か」

面白いと思った仕事は金額もスケジュールも関係なく受け、嫌いな仕事は持ってきた相手が陽時の紹介でも容赦《ようしゃ》なく追い帰す。

青藍が受ける仕事の条件はただ一つ。

あの孤高の黒曜石の瞳の奥を、好奇心で輝かせることができたもの。

「三木さんの持ってくる仕事は悪くないって、青藍さん言ってました」

茜がそう言うと涼は一瞬目を見開いた。それからわずかにそらして、その短い髪をがしがしとかき回す。

茜はやっぱりこの人のことを、嫌いになれないと思った。

あんな静かで能面のような顔を貼り付けていたくせに。今は赤くなった頰《ほお》も、こらえきれずに端がつり上がる唇も。照れているとありありわかるのだから。

涼は喜色の滲《にじ》んだ表情を隠すように、ノートパソコンを広げた。

「……青藍さんは天才や。あの人は他の誰にも描かれへん絵を描く。特別な人なんやて、おれは思う」

明るい茶髪の下の鋭い瞳がぎらぎらと光を孕《はら》んでいる。触れるだけで砕けて、中の光があふれ出してしまいそうだった。

「天才絵師、春嵐を守るんは、おれの役目や」

何か一つ覚悟を決めてしまったようなその瞳には、いっそ危うさすらあった。

しばらくパソコンを操作していた涼が、茜を手招いた。

「あんたに頼みたいことがある――」

涼が画面に表示したのは、何人かの女性の顔だった。どれも真面目《まじめ》そうな顔で写っていて、履歴書の写真だとわかる。派遣社員のリストだった。

この『織然』のグランドオープンには、複数の会社のスタッフが絡《から》んでいる。

地元京都で採用した旅館『織然』のスタッフと、親会社である東京本社の人間、イベントに関《かか》わる涼たちEastGateの社員。

そしてセレモニーのためだけに、人材派遣会社から回されてきたスタッフだ。

涼は茜に向き直った。

「この人らに、話聞いてきてくれへんやろうか。絵のそばに誰か近づかへんかったかとか、不審な人間見てへんか、とか。ロビーは派遣さんの出入りも多かったから、誰か見てはるかもしれへん」

茜はうなずいた。

「おれは『織然』のスタッフとうちの社員に話聞いてくる」

茜はちらりと時計を見上げた。青藍の部屋を出てからずいぶん経《た》つ。話を聞きに行くついでに茶でも持っていっても邪魔にはならないだろうか。

茜がそう思ったのを見透かすように、涼から言葉が飛んだ。

「わかってる思うけど、青藍さんの部屋には入んなや」

茜は思わず振り返った。涼の視線が射貫《いぬ》くように茜を捉えている。茜がうつむいたのを見て、涼が鼻で笑ったのがわかった。

「お情けか偶然か知らんけど、たまたまそばにおるぐらいでうぬぼれんな。あの人は誰も特別扱いせえへん。どうせすぐに飽きられるんや」

涼の言葉は、茜の深いところを突き刺した。

いつかこの優しさは茜とすみれの前から消えてしまう。青藍が優しければ優しいほど、黒々とした重い不安がつきまとう。

その不安を涼の言葉は易々《やすやす》と貫《つらぬ》いた。

「わかっています……」

茜は唇を噛みしめた。だから、特別に期待したりなんてしない。

茜はぺこりと頭を下げて、逃げるように部屋を飛び出した。

「――あの人は、お前らなんかと生きてる世界が違うんや」

ドアが閉まる寸前、涼がぽつりとつぶやいたのが聞こえた。


坪庭《つぼにわ》を照らす日が陰り始めたころ。茜はため息をつきながら客室からロビーへ続く廊下を歩いていた。時間は午後三時を過ぎている。

あれから茜は、派遣会社のスタッフパスを下げた人に話を聞いて回った。けれど、結局誰も青藍の絵に近寄った人物に心当たりはないという。

派遣スタッフ同士でも初めて顔を合わせたという者がほとんどで、お互いの顔や名前も把握していない。涼の言う通り誰がいつ持ち場を離れたかなど、誰も覚えていなかった。

「茜ちゃん」

呼びかけられて茜は顔を上げた。廊下の先で給湯室のドアが開いて、金色の頭がひょっとのぞいている。陽時がこちらを向いてひらひらと手を振っていた。

「陽時さん、来てたんですか？　お昼からお仕事だったんじゃ……」

「青藍に画材一式持ってこいって言われてさ。仕事はお休みしちゃった。大変だったみたいだね。青藍の絵、切られたんだって？」

陽時は痛ましそうに、甘く垂れた目を伏せた。大きめのカーディガンの袖《そで》を緩くまくって、ゆったりと伸びる長い脚は細身のデニムに包まれている。

その華やかな容姿に、廊下を行き来する人間が一瞬ぎょっとするのがわかって、茜は苦笑をこぼした。

「それでさ、おれ茜ちゃん探してたの」

ひょいと手招きされて、茜は給湯室へ入った。

「青藍がさ、茜ちゃんが茶の一つも持ってこないってぶつくさうるせえの。だからお茶淹《い》れてもらおうと思って」

陽時がため息と共に肩を落とした。茜は苦笑してコンロに火を点《とも》した。

「すぐ淹れるので、陽時さん、持っていってあげてください」

「なんで？　茜ちゃんが行きなよ」

陽時にそう言われて、急須に茶葉を入れていた茜は、無意識に手を止めていた。

「わたしは、三木さんのお仕事を手伝ってるんです。それに――青藍さんの邪魔になるといけないので」

いつもの調子で言ったつもりが、妙に固い声になった。陽時がつい、と目を細めた。陽時の甘やかな瞳が茜をじっと見つめているのがわかる。茜は顔を上げられなかった。

「涼に何か言われたの？」

涼が言ったのはすべて正しいことだ。茜とすみれは月白邸の居候《いそうろう》にすぎない。

涼の言葉が頭の中で繰り返される。わたしは特別ではない。本当はそばにいていい人間ではないのだ。

「いえ。何も」

茜は笑って首を横に振った。

ふうん、と一つつぶやいて。陽時は腕を組んで給湯室の壁にもたれた。長い脚を組んでことりと頭を傾ける。

「——これはひとりごとだし、おれの個人的な考えなんだけど」

茜は顔を上げて振り返った。視線の先で陽時が笑っている。この人の瞳は、時々何もかもを見透かすように鋭くなることがある。

「涼はさ——青藍が自分と同じ、孤独な天才だと思ってるんだよ」

涼は周りと生きる速度が違うのだと、陽時は言った。

「中学生の時、あいつは一日も学校に行かなかった。家に引きこもって、中一の時にネットで金を集めて起業した。それで、三年生になる時にその会社を売った。アプリゲームの会社だったと思う」

学校に行かず友だちも作らず、そのくせ中学三年生で大金を稼《かせ》ぎ、広大なインターネットの海を舞台に目につくもので手当たり次第遊んでいた涼を、両親はひどく気味悪がった。

涼が月白《つきしろ》に連れられて、月白邸へやってきたのは十六歳、通信制の高校一年生の時だった。

陽時はどこか懐《なつ》かしいものを見るように、目を細めた。

「月白邸に来たころのあいつは、ひょろくて暗くて、前髪なんかぼさぼさ長くて。離れにパソコン三台も置いてさ。おれそのころ東京から時々帰ってきてたんだけど、初めて会った時は正直気味悪かったな」

涼は自分で持ち込んだパソコンの画面にしか興味がないようで、一日中与えられた部屋に引きこもっていた。

涼の実家と違ったのは、それを泣きながら心配する人間も、咎《とが》める人間もいなかったことだ。月白が妙な人間を拾ってくるのは初めてではなかったし、誰も積極的に構うようなこともなかった。

「だけどしばらくして涼は、青藍にだけ懐くようになった」

似たにおいを感じたんだと思う、と陽時はつぶやくようにそう言った。

「あのころの青藍は確かに涼と似てたよ。部屋にこもるか、誰もいない庭で絵だけと向き合ってた。月白さんとおれだけとしか話さなかったし――本当に人間が嫌いだったんだと思う」

応接室の前で涼の静かな表情を見た時、茜は青藍の姿を思い出した。

ひとりぼっちで自分の世界に引きこもっていた少年は、生まれて初めて理解者を見つけた――同じ速さ、同じ密度で生きている天才を。

涼は青藍を見つけたのだ。

「……六年前、月白さんが死んだあと」

陽時の声がわずかに震えて、茜はどきりとした。

その時高校二年生だった涼は、大学へ行って就職すると言った。実家へ戻り通信制の高校から国立大学に合格した。そして入学式の日、涼は長かった髪を切り茶色に染めた。

陽時はつい、と目を細めた。

「入学してすぐに涼はＥａｓｔＧａｔｅでバイトを始めた。たぶん……青藍をなんとか救うためだとおれは思ってる」

あのころの、と陽時はもう一度つぶやいた。

六年前――月白が死んだあと。青藍に何があったのだろう。

天才絵師『春嵐』を守るのは自分だと、涼は確かに言った。

「あいつは青藍を神様か何かみたいに思ってる。特別な人間だから――誰も近づくなって番犬みたいに守ってるつもりなんだ」

ことことと湯が沸く音がして、茜はポットから急須に湯を注いだ。茶葉がゆったりと開いてじんわりと香りが広がる。

青藍の才能も涼の才能も、他に得がたいものなのだろうと茜にもわかる。

けれどそんな風に特別な存在なのだからと、青藍の周りから何もかもそぎ落として、切り捨ててしまったら。

青藍はとても高い場所でひとりぼっちになってしまう。

それはとてもさびしいことのような気がする。茜はふとそう思った。


こつこつ、と給湯室の扉を叩く音が聞こえて、茜と陽時は同時に振り返った。スーツ姿の女性が一人立っている。戸惑ったように茜と陽時を交互に見つめていた。

艶《つや》のない黒髪を後ろで一つにまとめ、おどおどとあちこちに視線が散っている。

スタッフパスは派遣社員のものだ。牧田香里《まきたかおり》と書かれている。腰に小さな作業バッグを下げていて、鋏やペン、白手袋がのぞいているから、ロビーで作業に携《たずさ》わっていた人かもしれないと茜は思った。

茜は慌てて頭を下げた。

「すみません、勝手に使ってしまって」

「あ……いえ……」

その人は、おずおずと首を横に振った。客に出す分を任されたのだろう、背を向けてコーヒーの用意を始めた彼女に、茜は問うた。涼から任された仕事を思い出したからだ。

「すみません、わたし三木さんのお手伝いで、せいら――……春嵐さんの絵について聞いて回っているんです」

ぱっと顔を上げた彼女が、ぎゅうと手のひらを握りしめたのがわかった。茜はじっと彼女の顔を見つめた。

「……何かご存じなんですか？」

きゅう、と手のひらを握りしめたままの彼女は、青い顔で微《かす》かに首を左右に振る。それはほとんど答えのようなもので、隠し事のできない人なのかもしれないと茜は思った。

陽時が隣でぽつりとつぶやく。

「その手袋――」

彼女がぎくりと体を震わせた。バッグからのぞく白手袋の指先が、汚れているのが茜にも見える。きらきらと光る金色と薄い緑、わずかな赤。陽時が一言断って、するりと白手袋をバッグから抜いた。

「金泥《きんでい》かな。絵具の一種で——春嵐の掛け軸にも使われてたね」

切り裂かれた掛け軸には、手で押さえた時にできたであろう、絵具がこすれたような痕があった。

湯が沸く音だけが響く、長い沈黙のあと。蚊の鳴くような声で香里はつぶやいた。

「……すみません」

陽時と茜は息を詰めて、互いに顔を見合わせた。

3

茜《あかね》と陽時《はるとき》は香里《かおり》を伴って、ともかく青藍《せいらん》の客室へ行くことにした。そろって廊下を曲がった時、茜は思わず立ち止まった。

「……青藍さん？」

廊下の真ん中に青藍が立っていたからだ。

「——お前、どこにいたんや」

茜に気がついて、長い脚で着物の裾《すそ》を乱し、乱暴に絨毯《じゅうたん》を踏みながら近づいてくる。しなやかな指先は絵具で汚れていて、そのまま顔を触ったのだろう。頰《ほお》にも目尻にも絵具の跡があった。

「電話出ぇ」

図工のあとのすみれみたいだとぼんやりと思っていると、青藍が呆《あき》れたように言った。

茜が慌《あわ》ててスマートフォンを確認すると、数件の着信履歴が残っている。すべて青藍からだ。

「すみません、鞄に入れっぱなしで」

「いいから来い」

青藍にぐいぐい手を引っ張られて、腕が肩から抜けそうだった。

青藍の瞳の奥が爛々《らんらん》と輝いている。あの、宝物を目の前にした子どものような瞳だった。

そのまま茜は客室に引っ張り込まれた。

筆や紙があちこちに散乱し、机の上に並べられたコップの水は、すべて違う色に染まっている。

顔彩《がんさい》やアクリル絵具、水彩絵具のチューブまでが散らばっていて、茜は踏まないように気をつけなければならなかった。

長机の向こうに涼《りょう》がいた。熱に浮かされたように、机の上をじっと見つめている。

茜の胸がどきりと高鳴った。

机の上には、掛け軸が広げられていた。

青空に向かって青竹が伸び上がっている。その隙間《すきま》を埋めるように、朱や橙《だいだい》に彩られた紅葉《もみじ》と薄紅色の桜、雪の積もる東山《ひがしやま》――。

その真ん中に、ぽかりと路地が口を開けていた。あまりにも自然で、そこが切り裂かれた部分だったと気がつくまでに少しかかった。

よく見ると切り裂かれた部分は細く斜めに切り取られていて、裂地《きれじ》と似た深い茶がのぞいている。

そこからは夜の路地が続いていた。

金で描かれた石畳、ぽつりぽつりと灯《とも》る橙《だいだい》色の灯籠《とうろう》。左を流れる川の底には銀で白砂《はくしゃ》が散らされている。

涼が呆然とつぶやいた。

「切り口を織然《おりぜん》の路地にしはったんですか……」

「天地の裂と同じ色の紙を後ろからあててるんや。とりあえず仮止めしてるだけやから、あとでもう一回仕立て直さなあかんけどな」

青藍がちらりと部屋の時計を見た。

「夜までにはなんとか乾くやろ」

涼は青藍に飛びつかんばかりの喜びようだった。笑顔で青藍の絵に感想を並べ立てる涼の横で、茜はただじっと絵を見つめていた。

青竹も紅葉も桜も、葉先がそよいでいる。風が吹いた一瞬なのだろう。四季を通して同じ風が吹き、けれど変化し続ける美しい自然の一瞬だけを切り取っている。

橙色の灯籠が灯る路地は、不規則に揺れる灯《あか》りと白砂輝く小川、静寂《せいじゃく》に満ちたひどく幻想的な光景だった。

よく見ると、淡く白い足跡が石畳を進んでいる。自分が、この絵の中に入り込んでしまうような不思議な感覚だった。

ふと気がつくと、青藍がじっと茜をうかがっている。

目の奥がうずうずとしているのがわかった。

茜はなんだかおかしくなってしまった。

部屋の前で待ち構えるぐらい、絵を披露《ひろう》したくてたまらなかったくせに。「どうだ」の一言を言わないところが青藍だ。

少しもったいぶって、焦《じ》らしてみるなんてどうだろう、などと思ったのだけれど、たぶん無理だ。

茜の胸の中にも言葉があふれて、止まらなかったから。

「きれいです。すごくきれいなんです。青藍さん」

美しいものを美しいと口に出すことは、とても気持ちがいい。余計な美辞麗句も照れも気取りもなくて、ただ素直に口からこぼれ出るままに茜はつぶやいた。

「絵のことは全然わからないんです。だけどすごくきれい――……あの、期待以上です！」

それを聞きとがめた涼が、わっと嚙みついてくる。

「なんやお前、えらそうに」

けれど青藍は、満足そうに口元で薄く笑っただけだった。

それで、と涼が振り返った。

「――誰や、あいつ」

茜はそうだったと振り返った。

ドアの前に呆然と立ち尽くす香里がいる。青藍の絵に気を取られて、すっかり忘れていた。

涼が香里を見て、剣呑《けんのん》に眉を寄せた。

「あんた、派遣さんか？　……どっかで見たことあるな」

香里は青い顔で唇を噛みしめていた。手のひらが小刻みに震えている。茜が迷っている間に陽時が静かな声で言った。

「彼女が、青藍の絵を切った人だよ」

香里の肩がびくりと震えた。

「――お前が？」

涼の低い声がした。

ばんっと音がして、茜も香里も同時に肩を跳ね上げた。涼が机を思い切り叩《たた》いた音だった。その瞳は燃えるような怒りをたたえている。

茜が止める間もなく、涼が腹の底から怒鳴った。

「お前が切ったんは、『春嵐《しゅんらん》』の絵やぞ！」

今にもつかみかからんばかりの形相《ぎょうそう》で、涼が香里に詰め寄った。茜が慌てて間に入る。目の前で涼に睨《にら》み付けられながら、香里が小さく震えている。茜はできるだけ静かに、香里に言った。

「あの……理由を聞かせてもらってもいいですか？」

茜だって青藍の絵を切った香里のことは許せないと思う。

けれど香里の顔を見ていれば、ただイタズラで絵を切ったのではないことぐらいわかる。せめて話くらい聞いてもいいのではないか。

「……茜、もうええ」

青藍の煩《わずら》わしそうな声が聞こえた。振り返るとその目が険のある光を帯びている。不機嫌そうな青藍の、威嚇《いかく》するような獣の目だ。香里がまた小さく震えた。

茜はため息をついた。

あれは絵を切られて怒っているのではなく、知らない人間がいるのが面倒になっているだけだ。たぶん絵を切られたことは、本当にもうどうでもよくなっているのだろう。

それでも茜は聞きたかった。

その目から涙をこぼしながらなお——香里の目は青藍の絵に釘付けだったからだ。その瞳がきらきらと光と帯びていて、青藍とよく似ていた。

力が抜けるように椅子に座った香里は、ぽつりとつぶやいた。

「……最後のチャンスやと、思たんです」

専門学校を卒業して十年以上。デザイナーとして、日本画家として香里は上手《うま》くいっているとは言いがたかった。

小さなデザインの仕事を受けながら、派遣とアルバイトでやりくりをしていくのも、そろそろ限界だと思っていた時。

EastGateの担当者からこの旅館に飾るメインデザインの話が舞い込んできた。

そこまで聞いて涼が眉を寄せた。

「……お前、見たことある思たら、企画書に載《の》ってた写真か……！」

織然からの依頼に、涼が『春嵐』の掛け軸を提案したように、他の社員も様々なデザイナーや画家を起用した企画を提案してきた。

そのうち、涼の企画と最後まで競い合ったデザイナーが香里だ。

香里がますます小さくなった。

「……担当さんは、必ず一緒に仕事をしようと言ってくれました」

やっとめぐってきた最大で、そしてきっと最後のチャンスだった。

けれど社内コンペで香里の担当者の案は退《しりぞ》けられた。代わりに選ばれたのは、弱冠《じやっかん》二十六歳の天才絵師、春嵐。日本画壇で知らないものはいない、新進気鋭の絵師だった。

担当者とはそれきり連絡もつかなくなった。

現実は重く、夢は遠い。

「もう潮時だと思ったんです。これ以上ぐずぐずしてたら……転職だってできなくなっちゃうし……諦《あきら》めようって思ったのに」

派遣先として織然を指定されたのは偶然だった。

腹の底にうずく悔しさを押し殺して、たった一日だからと働き始めて。ロビーに飾られた春嵐の掛け軸を目にした途端。

香里は心の底から絶望した。

——これが、春嵐の絵か。

それは香里には到底届かないような、美しい絵だった。悔しさも何もかもどこかへ吹き飛んで、ただ美しいとすら思わせる。

「……どうして、こんな絵を描くことができる人がいるんだろうって……」

一目で理解した。これはわたしには描けない。

一度諦めたはずの夢が絶望になって戻ってきた。黒々と心に渦巻く衝動のままに、香里はポケットに入っていた鋏《はさみ》を、掛け軸の真ん中に突き刺していた。

「……ごめんなさい」

香里は涙声でそうつぶやいた。

涼が喉《のど》の奥から、うなり声ともつかぬ声で言った。

「一山いくらの凡人のあんたと、青藍さんは見てるものも生きてる世界も違う——」

ああ、それはだめだと茜は唇を噛んだ。

香里が薄く笑った。

「……ええ。あの絵を見た時わかったの。本当に住む世界が違うんだわ」

それは香里と同時に、青藍も——そして涼をも刺す言葉だ。

わたしとは違う。おれとは違う。

あの人たちは、特別な人だ。

そうやって周りが勝手に世界から、この人たちを切り取ってしまう。

茜は反射的に香里の手を握りしめていた。

「そんなこと、言わないでください……」

青藍が茜に言ったのだ。

人は一人一人、見えている世界が違う。

青藍には青藍の、香里には香里の世界があって、それはとどまることなくずっと変化し続けている。

青藍の目に映る赤が、夕暮れの茜色になるように。青が、野に揺れる菫《すみれ》色になるように。

「牧田《まきた》さんには牧田さんの世界があって……同じじゃなくていいって……青藍さんが言ったんです」

香里の選んだものはとても大変な道なのだと、茜には想像することしかできない。けれど、厳しくても尽きることのないものが夢だ。

青藍の絵を見た時の香里の瞳の輝きは、確かに好奇心に満ちた子どものようなそれで。きっとまだ香里は絵が好きなのだと思うから。

香里の手にきゅう、と力がこもる。

「わたしは、牧田さんの絵も見たいです」

香里がぼろぼろと泣き崩れて、茜は慌ててその体を支えた。あまりに一生懸命うなずくものだから、茜は少しうらやましくなったのだ。

こんな風に、命をかけてもやりたいことがある。

このひとは、自分だけの世界をきっと誰より色鮮やかに捉《とら》えているのだから。いつかどこかでその世界を見てみたいと、茜は思った。

青藍が大きくため息をついた。

手近な紙を破って電話番号を書き付ける。月白邸《つきしろてい》の番号だった。投げ捨てるように香里に突きつける。

「……食うに困ったら連絡せえ。運良くそこの茜が出たら、茶の一杯でも出す」

それきり興味を失ったように、ふんと鼻を鳴らした。

茜は肩を震わせて笑った。紙を手にして呆然としている香里の背を叩く。

「いつでもお茶しに来ていいですよ、ってことみたいです」

青藍はふいとよそを向いてしまったけれど。否定はしなかったから、きっとそういうことなのだろう。

青藍の目元がいつもよりほんの少し優しくゆるんでいて、それがぎこちない笑顔のつもりなのだと茜にはわかる。

青藍のその顔を見て、涼が手のひらを握りしめた。少しほっとしたような、悔しくてたまらないようなそんな表情だった。

秋の夕日はあっという間に沈んでしまう。旅館、織然のロビーに橙色のあたたかな光が灯り、グランドオープンのパーティーはつつがなく執り行われていた。

一足先に役目を終えた茜は、陽時《はるとき》と共に月白邸に向かって歩いていた。織然のある南禅《なんぜん》寺界隈《じかいわい》から月白邸までは、三十分ほどの道行きだ。

西の空にはふっくらとした白い月が浮かび、ほの青い光であたりを照らしている。

「青藍も月白《つきしろ》さんに似てきたよなあ」

空を見上げながら、陽時がくすりと笑った。

茜は月白のことをまだよく知らない。ただ青藍にも陽時や涼にとっても、特別な人だということはわかる。

「牧田さんに電話番号渡してたでしょ。月白さんも、あんな風によく職人や絵師をそのあたりで拾ってきてた」

「拾ったって……」

犬や猫じゃあるまいし、と言うと、陽時が肩を震わせた。

「食うに困ったらここに来いって、よく月白さんが言ってたんだ。本当に来て住み着いちゃうやつもいたし、野良猫みたいに飯だけ食って帰るやつもいたけど――月白さんは誰も追い出さなかった」

月白邸は、食えない芸術家や職人たちの駆け込み寺になっていたのかもしれない。

六年前、と陽時がつぶやくように言った。

「月白さんは死んだ」

月の光が突然冷たくなったように感じて、茜はわずかにうつむいた。

「青藍は、月白さんの唯一《ゆいいつ》の弟子だった。養子に入って久我《くが》の名前と月白邸を継いだけど……あいつ、しばらくはぐちゃぐちゃだったよ。昼も夜もないみたいに、一人であの仕事部屋に――月白さんの部屋に閉じこもってた」

青藍は子どものころ、月白邸にやってきた。その月白という支えがなくなった時、青藍の悲しみはどれほどだっただろうか。

想像するだけで、茜の胸の奥がぎゅうと痛くなる。

その間に月白邸からみんないなくなった。陽時はまだ東京の大学にいて、青藍は誰もいなくなった月白邸で一人で師匠の死を抱えていた。

陽時がぽつり、ぽつりと続ける。

「青藍は邸《やしき》に誰も入れたがらなかった」

茜は涼の言葉を思い出した。ここにはもう誰も住まわせない。そう青藍が言ったと。

「おれ——青藍は月白さんのあとを追って死ぬと思ってた。誰もいない邸で、思い出だけ抱いて一人で」

茜は、声も出なかった。

「茜ちゃんは、青藍の部屋にある絵のこと知ってる?」

問われて、茜はうなずいた。月白が最期《さいご》に青藍に遺《のこ》した絵だ。二面分のふすま絵だ。細く頼りない桜の木が一本描かれていた。

「月白さんから、青藍さんへの人生最後の課題だったって聞きました」

陽時がうなずいた。

「青藍はあの絵を完成させるためだけに、六年間生きてきた。もしかしたら月白さんは、自分が死んだあと、青藍が生きていけるようにあの絵を残したんじゃないかって、おれはそう思う」

あの絵を完成させることが、それから青藍のすべてになった。

陽時がくるりと茜を振り返った。青い月光に照らされてなお、金色の髪は柔らかく甘やかだ。

「だから茜ちゃんとすみれちゃんを引き取るって言った時、本当に驚いたんだよ」

月白邸に新しい住人が来る。そう聞いた時陽時が感じた希望は、とても言い表せない。

茜はふと顔を伏せた。

「……青藍さんは、どうしてわたしたちを引き取ってくれたんでしょうか……」

「おれも知らない。だけどそれが偶然でもなんでも、おれは二人に感謝してる」

陽時の声がわずかに震えている。

「月白邸で朝起きて、ご飯を食べて、時々ちょっと賑《にぎ》やかに、当たり前に暮らすんだ。青藍は今、やっと少しずつ人間になってる。おれでも涼でも──月白さんでもできなかったことだ」

陽時は美しい顔で笑った。

茜はほの青い月光を見上げた。そうでもしないと、どうしてだか涙がこぼれそうだった。

庭で季節外れの桜を眺めていた青藍は、どれほどのさびしさを抱えていたんだろう。

陽時が言うことが本当なら。

わたしとすみれは、少しでもあの優しい人の力に、なっているだろうか。

月の光はただ冷たく降り注ぐだけで、何も答えてはくれない。


次の週、暦《こよみ》はとうとう十二月になった。

京都の底冷えがその片鱗《へんりん》を見せ始め、朝晩はぴりぴりと肌がひりつくほど冷え込む。

月白邸の庭に色づく鮮やかな紅葉は、徐々にからからと音を立てながら風に吹かれて枯れ葉を舞い散らせていった。

暖房の効いた食堂で、朝からすみれは絶好調だった。

今日は青藍にもらった、映画の試写会の日だ。すみれは『まじかるプリンセス』風のよそ行きの白いワンピースを着て、髪も主人公と同じ、ツインテールに茜が結ってやった。

ぴょこぴょこ飛び跳ねていたすみれが、ふいにわざとらしくふうっとため息をついた。

「あとはマジカルステッキがあったら、カンペキなのになあ」

茜は首を横へ振った。

「持ってるでしょ、ステッキ」

すみれの手にあるのは、お菓子のおまけについてきたものだ。筒の中にラムネが入っていた。すみれは不満そうに頰《ほお》を膨《ふく》らませた。

「……だって、これちょっと小さいもん」

「それで十分なの」

すみれが欲しがっているのは、本格的な玩具《おもちゃ》のステッキのことだ。先端がピカピカと光って、何種類かの音楽が鳴ったり、キャラクターの声が流れ出す。手頃な値段だったら、と大型の家電量販店に見に行って茜は悲鳴を上げた。

小学生向けの玩具があんなに高いとは思わなかった。

コーヒーを飲んでいた陽時が、いそいそと顔を上げた。

「なになに、お兄さんの出番？　何が欲しいの、すみれちゃん」

「陽時さん、約束しましたよね」

茜がぴしゃりと言うと、陽時がぴっと背筋を伸ばした。

またすぐにすみれを甘やかす。世間でいう、孫にメロメロのおじいちゃんそのものである。——もっとも、茜個人は、そういう存在に出会ったことはないのだけれど。

陽時はおおっぴらに、青藍はこっそりとすみれを甘やかすものだから、茜は二人と約束したのだ。

何か特別な――誕生日や、クリスマス以外にお金を使わない、物を買い与えない。

茜はオムレツを作る手を止めて、しゃがんですみれと目を合わせた。

「すみれがお手伝いをいっぱいしたら、クリスマスはサンタさんがいいものくれるかもしれないよ？　でもそれまではだめ」

それまでに、ステッキ代分ぐらいは、なんとか都合できるはずだ、と心の中で付け加えておく。どうせ渡すなら一番いいもので、と思うのは、茜も結局すみれに甘い証拠だ。

がたん、と外で音がして、すみれがむくっと顔を上げた。

「青藍だ！　起きてきた！」

ぱっと走っていく。陽時がそれを微笑ましそうに見つめながら、口を開いた。

「お姉ちゃんは、クリスマスに欲しいものないの？」

茜はきょとんとした。

「わたし、さすがにサンタさんは信じてませんよ？」

小学生のころ、早々にサンタの正体は両親だと見破ってしまった。真夜中にぱっと目を開けた幼い茜の前で、両親がしまった、という顔をしていたのが、なんだかおかしかった覚えがある。

陽時が少しばかり呆れたように言った。

「ここには社会人のサンタさんが二人もいるじゃん。北欧のオジイサンよりはいいものあげられるよ」

茜はあはは、と笑った。

「じゃあコーヒー豆がいいです。もうなくなっちゃいそうですし。それとお茶っ葉かな……最近寒くなったからか、青藍さんがよく欲しがるんですよね」

「日用品じゃん……」

陽時がそうつぶやいた時。

「茜ちゃん茜ちゃん！」

食堂にすみれが駆け込んできた。何事かとキッチンから出てきた茜の前に立ちはだかって、片手に握りしめたステッキを振りかざしている。

その先に涼がいた。おろおろとした様子で、すみれと茜を見つめている。

「……おれ、何かやった方がええ？　怪人とか敵とか……」

「すみれ、お客さんだよ」

茜はいえ、と首を横に振った。

すみれが不満そうに茜と涼を交互に見る。

「お客さん」

もう一度言うと、すみれが観念したように、涼に向き直った。

「…………こんにちは、七尾《ななお》すみれです」

よし、と茜は満足してうなずいた。人間関係の第一歩は挨拶《あいさつ》からだ。

陽時がひょいと顔を出した。嫌そうにシッシッと手を振った。

「涼、お前また来たの？　鍵返せって言っただろ」

「……月白さんがいたころから、鍵変えてへん方が悪いんやないすか。青藍さんに預けてある仕事、取りに来たんです」

なるほど、と茜はようやく合点《がてん》がいった。涼がひょいひょいと自由に出入りできていたのは、前に住んでいた時の鍵をそのまま持っていたからだ。

それきり陽時は、涼に興味がなくなったようだった。キッチンの方を指差す。

「茜ちゃん、フライパンからすごい煙出てる」

「あっ！」

茜はだだっとキッチンへ駆け込んだ。

忘れていた、オムレツを焼こうとしていたのだ。フライパンが焦《こ》げ付いてしまう。

「涼さんも食べていかれますか？」

茜がキッチンから叫ぶと、ああともいやともつかぬ声がする。勝手に作ってしまえと、茜は冷蔵庫から追加の卵を引っ張り出した。

ほかほかのオムレツと焼きたての厚切りトースト、それにコーヒーが卓に並び、涼が半ばふてくされたように席についたころ。すみれに手を引かれて、青藍がのそのそと起きてきた。

もこもこの半纏《はんてん》の上から毛布にくるまっていて、ほとんど寝たままの状態で半ばすみれに引きずられている。

すみれは青藍にワンピースを見せては、ひっきりなしに「かわいい?」「きれい?」と周りをちょろちょろしている。

「……そやな……かわいい、かわいい」

鸚鵡《おうむ》返しのようにつぶやいている青藍は、意識があるのかどうか微妙なところだ。

「青藍さん、ほんと寒いのだめですよね」

茜はエアコンの温度を上げてつぶやいた。

涼が信じられないような顔で、茜とすみれを見つめている。

「冷めちゃいますよ、三木《みき》さん」

我に返ったように、涼がオムレツに箸《はし》を入れた。とろりととろけるオムレツを口に入れて、その動きが一瞬止まった。

「……悪ない」

思わずぽろりとこぼれてしまったのだろう。慌てて涼が言いつのった。

「ギリギリやからな。別に美味《うま》い言うたわけやないから」

茜はくすくすと笑った。なんだか少しだけ認められた気がして、うれしくなったのだ。

オムレツとトーストを交互に頬張りながら、涼がせわしなく青藍に視線を向ける。

「おれ……青藍さんと飯食うの、久しぶりや」

月白邸に人を入れようとしなかった青藍が、少しずつ変わってきていると陽時は言う。

涼が本当にうれしそうにそう笑うものだから、紅葉の色の見え方が変わるように、少しずつ変わっていければいいと茜も思うのだ。

へへ、と涼の顔が笑み崩れる。

「また来てもええですか？　おれ、ここで飯食いたいです」

青藍がうっそりと眉をひそめた。

「……茜に聞け」

ぱっと涼がこちらを向く。その眼光が、断ったらわかっているだろうな、とはっきりと語っている。茜は勢いでうなずいた。青藍が舌打ちでもしそうな顔でぼそりとつぶやく。

「……うまいコーヒー豆」

「なんぼでも持ってきます！」

ぱあっと顔を輝かせた涼を見て、コーヒーを飲んでいた陽時がぽつっとつぶやいた。

「茜ちゃんさあ、月白さんが動物の絵が得意だったのは知ってる？　干支絵《えとえ》とか、月白邸の住人をあれこれ描いてたんだけど」

茜はうなずいた。一度見せてもらったことがある。陽時は美しい金色の毛並みの猫だった。

「涼は柴犬だったんだよね。それもふっかふかで、尻尾ぶんぶん振ってるやつ」

茜は噴き出しそうになって、慌ててぐっとこらえた。

「涼はその時はまだ髪も染めてなくて、黒くてぼさぼさだったのにさ。月白さんて、ほんと人を見る目がすごかったんだよね」

嫌そうな顔をした青藍に、顔を輝かせながら話しかけている涼の背後に、ぶんぶん振られる尻尾が見える気がして。茜は今度こそ、こらえきれずに噴き出したのだった。

青藍が二度寝を決め込むため、自分の部屋にのそのそと戻っていったあと。仕事の入ったファイルケースを抱えた涼が、茜を手招いた。

「……牧田香里の件は、うちで収めといた」

新しい春嵐の掛け軸が好評だったこともあり、涼の手の内で片がついたそうだ。茜はほっと胸を撫で下ろした。

「ありがとうございます」

「……別にあんたのためやない。青藍さんに恨みあるやつがいるて思われて、仕事減るんが困るだけや」

ふん、と涼がそっぽを向く。どすどすと廊下を踏みながら玄関へ向かった涼が、ふいに立ち止まった。

「おれはあんたのこと嫌いや。おれは青藍さんに、面白い企画を持ってくることも、お前よりずっと仕事もできるし、金も稼《かせ》げる！　……お前より絶対、青藍さんに信頼されてる」

胸を張って一気に言い切って。

でも、と力なく付け加えた。その顔からすっと表情が消える。

茜はふと気がついた。この表情は涼の泣き顔なのではないか。涙をこぼさない代わりに、感情をすべて飲み込んでしまう、無の表情だ。

「月白さんが死んでから、青藍さんがあんな風に笑うん、見たことあらへん」

涼は六年前、青藍のために大学へ行くことを決め、ＥａｓｔＧａｔｅへ入った。

「……おれができたのは、絵師としての青藍さんを……春嵐を守ることだけやった」

頼む、と涼はゆっくりと頭を下げた。

「あの人のそばにいたってほしい……」

それがあまりに真剣だったから、茜は息を呑んでうなずく他なかった。

涼も陽時も、茜とすみれこそが青藍を変えるのだと言う。

わたしやすみれに、あの人のために何かできることがあるだろうか。

四　極彩色の金魚鉢

1

十二月の初旬。月白邸《つきしろてい》の庭の木々の葉はすっかり落ち、うっそうとしていた庭も幾分見通しが良くなった。降り積もった落ち葉の茶に、ぽつぽつと咲く大ぶりの寒椿《かんつばき》の、鮮やかな紅《べに》色が映《は》える。

ひときわ冷え込んだその冬の朝、茜《あかね》はすみれの手を引いて、母屋《おもや》の食堂に向かっていた。薄雲のけぶる空はまだ薄暗く、淡い朝日の中に二人の吐いた白い息が立ち上っていく。

茜とすみれは京都岡崎《おかざき》にある月白邸に居候《いそうろう》している。遠い親戚の絵師、久我青藍《くがせいらん》が茜と妹のすみれをそろって引き取ってくれたのだ。その青藍と、友人兼仕事仲間である、絵具商の紀伊陽時《きいはるとき》と共に暮らし始めて、おおよそ二カ月が過ぎた。

月白邸の朝は、茜とすみれが食堂にやってくるところから始まる。

食堂に入るなり、電気をつけるより先にすみれが居間のストーブに駆け寄った。

「早く早く！」

一抱《ひとかか》えほどもある無骨な丸ストーブで、今時珍しく上に薬缶《やかん》が置けるようになっている。エアコンよりもすぐに暖が取れるから、すみれはこの大きなストーブがお気に入りだ。

電気をつけて、寒さの苦手な青藍のためにエアコンとストーブも全部つけてしまう。窓が広く天井もやや高いこの食堂は、光をたっぷり取り込むけれど、部屋全体があたたまるまでに時間がかかるのだ。

すみれがカーテンを開けて回っている間に、茜はキッチンで朝食を作る。平日の朝はパンになることが多い。陽時が買ってきてくれた分厚い食パンをトースターに放り込んでいる間に、フライパンにバターを溶かしてベーコンを焼く。

じゅわ、といい音がし始めてベーコンがカリカリになる頃合いで、食堂の暖簾《のれん》が揺れた。

「おはよう、茜ちゃん、すみれちゃん」

太陽のようにまぶしい色彩が目に飛び込んできた。金色の髪を遊ばせた陽時は、すでにスーツに着替えている。食堂に入ってくると、手に持ったネクタイを椅子に引っかけて、ううんと伸びをした。

今日はカジュアルなネイビーのセットアップスーツに薄いイエローのシャツだ。お洒落《しゃれ》するのが好きらしい陽時が、何着スーツを持っているのか知らないが、その端整な顔も相まって毎日ファッションショーみたいだなと、茜は密《ひそ》かに思っている。

「帰ってたんですね、陽時さん」

昨夜陽時は帰ってこなかったから、どこかに泊まっているものと思っていたのだ。

「夜中に帰ってきちゃった。茜ちゃんの朝ご飯食べたいからさ」

とろりと甘やかな顔で付け加えられて、茜はじっとりとした目で小さくため息をついた。

夜中に一人とり残される「女の子」はかわいそうだ、などと考えてしまう。

今まで週に二、三日泊まっていただけの陽時は最近、ほとんど月白邸で過ごしている。外泊も少なくなって、夜中に帰ってくることが増えた。

茜が陽時にコーヒーを出したのを合図に、すみれが椅子からぴょこんと立ち上がった。

「よし、すみれ、今日もお仕事いってくる！」

顔をキリっと引き締めたすみれが、ぱたぱたと廊下を走っていく。

「すみれ、廊下走っちゃだめ！」

「はーい」

返事と共にすみれの足音が離れの方へ消えていく。

そうしてしばらくすると、分厚い半纏《はんてん》を着た青藍が半分寝たまま、すみれに手を引かれてのそのそやってくるのだ。

青藍がテーブルに突っ伏して二度寝を始める前に、茜は急いでコーヒーを出した。青藍が不機嫌そうな顔でそれをすすっている間に、焼きたてのパンと、目玉焼きにベーコン、さっと作ったトマトのサラダを並べる。

四人そろっての朝食は、茜にとって毎日の楽しみだった。

朝食があらかた片付いたころ、茜は居間のソファでぐったりとしている青藍に一枚の紙を差し出した。

「……何や」

ストーブの前から離れようとしない青藍は、いつも以上に機嫌が悪い。茜はおそるおそる言った。

「すみれの三者面談があるんです。今週の土曜日なんですけど……」

今の茜とすみれの保護者は青藍だ。

青藍の額《ひたい》に、ぎゅうと深い皺《しわ》が寄ったのがわかった。茜は慌《あわ》てて言いつのった。

「あの……でも大丈夫です。すみれの担任の先生には、姉のわたしでもいいと許可をもらっていますから」

父と母がいないすみれの家庭事情は、教師も知るところである。

すみれが、むっと口をとがらせた。

「茜ちゃんはすみれのお姉ちゃんだもん。面談には普通、お姉ちゃんは来ないんだってみんな言うよ」

すみれが何かをこらえるようにうつむいた。

「……本当は、お父さんかお母さんがくるんだって」

月白邸に来てすみれは泣かなくなった。さみしいともつらいとも、この幼い妹は絶対に口にしない。もう戻らない幸せがあることを、すみれも知っている。

陽時がテーブルに肘《ひじ》をついて、これ見よがしにソファの青藍を見つめた。

「すみれちゃん、保護者代理でおれが行こうか?」

青藍がじろりと陽時を睨《にら》み付けた。

「……保護者はぼくや。……終わったらすぐ帰るからな、すみれ」

すみれがぱっと顔を輝かせた。

「本当!? 青藍きてくれるの、やったあ!」

はしゃいでいる妹を見て、茜は口元をほころばせた。

月白邸の暮らしは穏やかで、茜の望むすべてだった。

青藍と陽時と共に暮らしていると、茜もすみれも、父と母を失ったさびしさや悲しさが少しずつ埋められていく気がする。

だからそれが苦しい。

悲しみの先延ばしにすぎないと思うからだ。いつかこの家を出た時、それは何倍にもなって降りかかってくる。

だからせめてその時に立ち直れるように、自分に言い聞かせてやらなくてはいけないのだ。

勘違いをしてはいけない。茜とすみれがここの家族になるのはひとときだけで、それはずっとではないのだから。

土曜日、楽しくて仕方がないと顔を輝かせているすみれに手を引かれて、青藍がのそのそと出ていった。陽時が見立てた無難なスーツと革靴で、窮屈《きゅうくつ》そうに眉を寄せていた。

茜がキッチンを片付けていると、陽時が自分の部屋からずるずると大きな包みを引きずってきた。両手で抱えるほど大きい細長い茶色の包みだ。

「じゃあ、すみれちゃんがいない間に、組み立てちゃおうかな」

薄い茶色の包装紙をびりびりと剝《む》いていく。

包みの中から緑色の葉がわさりと姿を現した。クリスマスツリーだ。大きな植木鉢《ばち》に差すと、茜の背と同じくらいのなかなか立派なツリーになる。

「昨日届いてたんだけど、すみれちゃんをびっくりさせようと思ってさ」

また謎《なぞ》の届け物だ。

月白邸には時々こうして不思議なものが届く。旬《しゅん》の野菜入りのダンボール箱。海辺の街からは大きな魚が丸ごと一匹。北海道からは肉のかたまり。海外から使い道のわからない置物が届くこともあった。それらがどういう理由で届くのか茜は聞いたことがない。

陽時がツリーの枝を丁寧《ていねい》に整えながら、ぽつりと付け加えた。

「昔、ここに住んでたやつがさ、送ってくれたんだ」

茜は顔を上げた。

月白邸にはかつて、絵師月白《つきしろ》を頼ってたくさんの芸術家や職人が集《つど》っていた。六年前、月白が亡くなってからは、ここの住人は青藍一人になったと茜は聞いている。

「六年前に月白さんが死んで扇子屋《せんすや》を畳んだ。それから一人ずつ、みんなここから独立していったんだ」

今は職人をやめて農業や漁業に関《かか》わるもの、まだ世界のあちこちを放浪して芸術家を続けているものと様々だ。陽時が続けた。

「月白邸には職人も芸術家もたくさんいたけど、月白さんの弟子は青藍一人だった。だから青藍が久我の姓も月白邸も継いだんだよ」

月白の名は雅号《がごう》だと以前聞いた。本名は久我若菜《わかな》というらしい。

青藍はその月白がどこかから引き取ってきたそうだ。だから青藍が久我家に養子に入ったということは、それまでは別の名字があったということになる。

茜は少しためらって、意を決したように口を開いた。

「青藍さんの前の名字って……もしかして……」

陽時がツリーを直す手をぴたりと止めた。

「……東院《とういん》。あいつは六年前まで、東院本家の人間だったよ」

京都に古くからある絵師の一派に、東院家がある。宮廷絵師として御所《ごしょ》に出入りし、江戸時代には御用絵師として江戸城や大名家のふすま絵や屛風絵《びょうぶえ》を手がけてきた。

今でも寺社仏閣や個人宅の仕事を手がける傍《かたわ》ら、文化財などの修復にも携《たずさ》わり、未《いま》だ画壇に大きな影響力を持つそうだ。

茜の父も東院分家――笹庵《ささあん》家の人間だった。

陽時が茜の方を向いた。

「中学生の時、おれが月白邸に来たころには青藍はすでにここにいた。東院で何があったかおれもぼんやりとしか知らないけど――楽しかったって話は聞かなかったな」

陽時の紀伊《きい》家もまた東院の古い分家筋だ。一千年以上続く伝統と格式は時々古い慣習で重たく人を縛り付ける。

青藍もまた、その重さを背負っているのだろうか。

その時、重苦しい空気を裂くように門の呼び鈴が鳴った。

茜が門へ応対に出ると、千本格子《せんぼんごうし》の向こう側に着物姿の男が一人立っていた。その後ろにさらに二人、重そうな荷物を抱えた男たちが付き従っている。

茜は眉を寄せた。

手前の着物の人に、どこか見覚えがある気がしたからだ。

年の頃は四十ほどで、丁寧《ていねい》に撫《な》で付けられた髪に着物は濃い灰色。その着物の中で細身の体が泳いでいるように見えた。背筋はすらりと伸びていて、鋭い瞳が茜の顔を一瞥《いちべつ》する。

その瞳の鋭さはどこか青藍に似ていた。

けれど青藍の目が威嚇《いかく》する獣の生きた瞳なら、この人の目は冷徹な氷のようだ。口元は柔らかく笑っているのに、こちらを睥睨《へいげい》する黒い硝子《ガラス》の向こうに、冷え切った感情だけが見える。

その人は格子の向こうで薄い唇を開いた。

「こちらに、青藍がいてますやろ」

「……青藍さんは外出中です。日を改めていただけませんでしょうか」

「そやったら待たせてもらいます。案内いただけますやろな」

茜が格子戸を開くのをためらっていると、その人はちらりと空を見上げた。重い鉛色《なまり》の空が広がっている。

「そろそろ降りだすんとちがうやろか。ぼくはええんやけど——この荷物、濡れたら困るんは青藍やと思うよ」

くい、と顎《あご》をしゃくると、後ろの男たちが大きな荷物を持ち上げた。その包みは平たい箱のような何かで、立てるとゆうに茜の身長ほどもありそうだった。

結局押しに負けた茜は一行を母屋へ案内した。めったに使わない客間に上げて、とにかく陽時に相談しようと思っていたら、後ろから低い声が聞こえた。

「——うちに何の用ですか、珠貴《たまき》さん」

茜は思わず振り返った。陽時の声だが、いつもの柔らかさも甘やかさもない。めいっぱい嫌そうな顔で、珠貴と呼んだ男を見つめていた。

「久しぶりやな、陽時くん」

朗《ほが》らかに笑った珠貴に、陽時は隠そうともせず苦い顔をする。

陽時は茜に同席してほしくないようだったので、茶だけ出してその場を辞そうとした茜を呼び止めたのは珠貴だった。

「七尾《なな お》茜さんやろか」

突然名を呼ばれて、茜は瞠目《どうもく》した。

「は、はい……」

「ぼくは東院珠貴といいます。樹《いつき》くんの葬式で会《お》うたんやけど、覚えてへんやろうか」

東院、と茜は気圧《けお》されたようにつぶやいた。この人の顔をどこかで見たことがあると思っていた。今、それをようやく思い出したのだ。

父の葬式だ。

今日と同じように穏やかな表情の中に、凍り付きそうな瞳で焼香台に向かっていたのを覚えている。叔父《おじ》が茜の横で、渋い顔をしてじっと頭を下げていた。

「……父の葬式に来てくださってたんですね」

固い声で言った茜に、珠貴は微笑みながらうなずいた。

「樹くんは気の毒やったわ。才能のある人やった。あのままやったら笹庵のええ絵師になるて思てたのに――」

気の毒そうに眉を寄せながら、珠貴が憂《うれ》いを帯びたため息をつく。

「ええ縁やなかったんやなあ。出会いや縁いうもんは、人の人生を左右する。茜さんらは、ええ縁を選ばんとあかんえ」

茜は唇を噛みしめた。この人も父と母が出会ったことを間違いだと言いたいようだった。ゆっくりと息を吐いて、焼き切れそうな怒りを腹の中に沈めた。この人は青藍の客だ。

陽時が珠貴との間を遮《さえぎ》るように、それで、と言った。

「青藍に何の用なんですか」

珠貴が後ろの男たちに小さくうなずいてみせた。平たく大きい荷物の包みを、慎重にほどいていく。その中には薄い絹に包まれた板のようなものが二つ入っていた。二つとも同じ大きさで縦《たて》に長い。

「これなんやけどな――」

珠貴が指先で絹を払いのけた。

「――月白さんの遺作なんよ」

陽時が息を呑んだ気配がした。

それは一対《いっつい》の屛風だった。後ろにいた男たちが、慎重な手つきで一つずつを左右に本のように開いた。

向かって右に描かれていたのは大きな金魚鉢だ。どこかの縁側に置かれているのだろう。奥に淡い色使いで庭が描かれている。冬なのか、庭にも縁側にもうっすらと雪が積もっていた。

珠貴が左の屛風を指した。同じ縁側が描かれているものの、どこかぽかりと空白の多い印象だった。珠貴は難しそうな顔をした。

「月白さんが亡くなる前にうちに送ってきはったんやて。どういうわけかすでに屛風に仕立てられてしもてるけど、左は描きかけやし、号も落款《らっかん》もあらへんから、これで完成やと思われへん」

「……確かに、月白さんの絵だ」

陽時の声がわずかに震えている。珠貴はその氷のような瞳で陽時を射貫《いぬ》いた。

「この続きを――青藍に描いてほしいと思て持ってきた」

月白のあとを継いで、久我の絵師となった青藍に。

陽時が手のひらを握りしめたのがわかった。

「……東院で勝手にやったらどうです。絵師なんて掃いて捨てるほどいる」

「月白さんの絵に筆を入れられる絵師が、さて、何人おるやろか」

珠貴の目がちらりとこちらに向けられたような気がして、茜は身をすくめた。この人はどうも苦手だ。

「茜さんからも、青藍によう頼んでもらえへんやろうか。仲良うやってるて聞くからなあ」

茜は唇をぐっと嚙みしめた。青藍に描きたくないものを描かせるために、利用されるなんて絶対にごめんだ。

「青藍さんは、自分の好きな仕事しか受けませんよ」

「そうやろうか」

　珠貴の目がきゅう、と細くなった。

「青藍が茜さんとすみれさんを引き取ったこと、東院の中ではまだよう思わへん人もいたはる。お二人には気の毒やけど、施設に預けてまえいう声もあらへんこともない」

　ざわ、と鳥肌の立つ思いがした。

「青藍が東院に手をかしてくれるんやったら、その人らも静かにならはるんとちがうやろか」

　その瞬間、ガンっと強烈な音と共に卓が揺れた。湯飲みが跳ねて茶が卓の上に広がる。

「冗談も大概《たいがい》にしてくださいよ、珠貴さん」

　卓を叩《たた》きつけたのは陽時だった。その目の奥底に抑えようのない怒りが揺らめいている。

「茜ちゃんとすみれちゃんにかこつけて、青藍に東院の名で絵を描かせようって？」

「人聞きが悪いなあ。ぼくは、月白さんの一番弟子に晴れ舞台を用意したいだけや」

　珠貴がゆったりと立ち上がった。

「ゆっくり考えてみてて、青藍に伝えてや」

　玄関先で陽時が、珠貴の背に向かって言った。

「珠貴さん、あんたが描いたらいいいんじゃないんですか」

　後ろを向いたままの珠貴の背が、一瞬震えたように茜には見えた。ちらりと顔半分だけこちらを振り返る。氷のような目が陽時を捉《とら》えていた。

「ぼくなんかの腕では——月白さんの絵は荷が重いわ」

それきり、珠貴は一度もこちらを振り返らなかった。

2

外は重苦しい冬の雨が降りしきっている。夕食が終わったあとの食堂は、これ以上ないほど空気が沈んでいた。

食堂の椅子には陽時《はるとき》が座り、コーヒーカップをもてあそびながら黙り込んでいる。居間のソファでは小学校から帰ってきた青藍《せいらん》が、不機嫌そうにだらりと寝そべっていた。

キッチンで紅茶を淹《い》れ直していた茜《あかね》は、小さくため息をついた。

茶のお代わりだろうか、居間からのそのそとやってきた青藍がぽつりと問うた。

「……すみれは？」

茜は困ったようにうつむいた。

夕方、青藍と共に学校から帰ってきたすみれは、そのまま離れで一人布団にくるまって寝てしまった。熱があるわけでもないようだが、夕食はいらないという。

「具合悪いみたいなんです。風邪《かぜ》でもひいたのかも」

陽時が顔を上げる。

「大丈夫？　医者呼ぼうか」

茜は首を横に振った。

体調の問題ではないのかもしれないと茜は思っていた。

笹庵《ささあん》の叔父《おじ》の家にいた時、すみれはずっと笑わなかった。その時のすみれとよく似ている。一人で悩み事や心配事がある時、じっと内に抱《かか》えてしまうのはすみれのくせだ。

学校で何かあったのかもしれない。

三者面談で一緒にいたはずの青藍は、そうか、と言うばかりで何かをじっと考え込んでいるようだった。

青藍が居間に置いたままだった荷物を一瞥《いちべつ》した。珠貴《たまき》の持ってきた月白《つきしろ》の屏風《びょうぶ》だ。

「陽時、それ部屋に入れといてくれ」

空《から》のコーヒーカップを手持ち無沙汰《ぶさた》にいじっていた陽時が、ぴたりと手を止めた。

「青藍、その仕事受けんの？　わかってんだよな。年末の冬期画展で見世物にされんだぞ」

青藍が不機嫌そうに喉《のど》の奥でうなった。

「……ああ」

　東院《とういん》は年に二度、東院本家を一般に広く開放する。

　夏の祇園祭《ぎおんまつり》の時期、邸内の調度品を展示する屏風展。そして年末から年始にかけて東院にゆかりのある絵師たちが各々《おのおの》の作品を持ち寄る、冬期画展である。

　元々は江戸時代、都の絵師たちが腕を競う場所だったそうだ。今でも各界からの著名人や文化人が多く招かれ、年末の風物詩となっていると聞く。

　東院本家は京都の下鴨《しもがも》神社のそば、糺《ただす》の森にほど近い場所にある広い邸《やしき》だ。

　茜とすみれも、一度、夏の盛りに笹庵の叔父に連れていかれた覚えがある。──静かで重苦しく広大なあの邸に。

　陽時の声がぐっと冷え込む。

「このところずっと、東院の絵師は不作だって言われてる。珠貴さんは口が裂けても言わないだろうけど、仕事だって減り続けてる。珠貴さんは青藍と月白さんの名前を利用して、今年の画展に箔《はく》をつけようとしてんだよ」

　東院は日本画壇を牽引する絵師を常に輩出し続けてきた。冬期画展にも多くの著名な絵師の名が上がった時代もある。だが、往時《おうじ》のような輝きは今の東院にはもうないと、陽時は言った。

「月白さんは職人としても絵師としても、間違いなく最高だった。だけどずっと『月白』

の雅号《がごう》のまま、東院の一派を名乗ったことはない。青藍……『春嵐《しゅんらん》』もね」

天才絵師、月白の未完の作品を、唯一の弟子――春嵐が完成させる。しかも月白も春嵐も東院の絵師だったとなれば、さぞ話題になるだろう。陽時が皮肉げに笑った。

「この仕事を受けるなら、月白も春嵐も東院の絵師だということになる。もう……自由に描けなくなるかもしれない。――いいんだよな、青藍」

青藍の瞳の奥が暗く沈んでいるのが、茜にはわかった。

茜の学校の美術講師、佐喜《さき》は東院の絵師をうらやましいと言った。陽時は不作だと言うが、浮沈激しく安定のないこの世界で東院の絵師たちは今でも確かに、確固たる地位を築いている。

けれど青藍たちにとってそれは、重しのようにただ自由を奪うだけのものなのかもしれないと、茜は思う。

「――それでも月白さんの絵を、ぼくはほうっておかれへん」

青藍の黒曜石のような目は、屏風の包みをじっと捉《とら》えていた。

真夜中にほど近い時間、茜は誰もいない食堂を見回してため息をついた。すみれのことが気がかりで、けれど不用意に踏み込むこともできない。結局離れを避けるようにこんな時間までキッチンで後片付けをしてしまっている。

ぎしりと床を踏む音がした。顔を上げるとキッチンの入り口に青藍が立っている。風呂上がりなのか髪がしっとりと濡れたままだった。

「起きてたんか」

「……離れに戻りづらくて」

茜はちらりと離れの方向に視線をやった。布団にくるまって出てこないすみれは、もう眠っているだろうか。

青藍が小さく嘆息《たんそく》した。

「──茜。話がある」

キッチンから食堂に移動して、茜はすすめられるままに青藍の向かいに座った。しばらくためらっていた青藍が、やがて口を開いた。

「今日、佑生《ゆうき》さんが、すみれの学校に来てた」

「……え」

茜は目を見開いた。

佑生──東院佑生は、父の弟で笹庵の当主、茜とすみれの叔父である。

春に父が亡くなったあと、身寄りのない茜とすみれを、御所南《ごしょみなみ》にある邸に引き取ってくれた。東院の分家で、瑞々《みずみず》しい笹が茂る美しい庭と小さな茶室を持つ邸だ。笹庵という屋号で呼ばれていた。

三者面談だと意気揚々《ようよう》、青藍の手をとって歩くすみれの前に、叔父は現れた。面談があると聞いて職員室で待っていたそうだ。濃茶の着物に灰色の羽織で、困った顔の先生と一緒だったという。

四十少し手前で、細面だが目はぎょろりと大きい。口はいつも固く引き結ばれていて、額には深い皺が寄っていた。四角四面にきっちりとしなければ気が済まない気難しそうな性格が出ていて、それに茜はいつも気圧《けお》されてしまうのだ。

青藍がため息をついた。

「佑生さんは、すみれに話があるみたいやった」

ぎょろりとした目で青藍を捉えて、佑生は言った。

——すみれをうちで引き取る。

茜は息をするのも忘れて、青藍の前で呆然と目を見開いていた。

「元々、そういう話もないではなかったんや」

笹庵の叔父には子がいない。この先も望めないだろうと言われていた。東院のような家で跡取りがいないのは致命的だ。困り果てていた時に、大昔に笹庵を捨てた長男の子が転がり込んできた。

姉はもう高校生だが妹はまだ幼い。今から教育すれば東院の子として形になるのではないか。

――生まれに、多少難があっても。

「ぐずぐず揉《も》めてるうちに、ぼくが二人とも引き取るいうことになって、一回立ち消えになった思うてたんやけどな……」

茜は手のひらを握りしめた。母も死んだ、父も死んだ。茜に残っているのは妹一人きりだ。すみれだけは絶対に失わないと決めたのに。

青藍が息をついた。

帰り際《ぎわ》に佑生は、すみれをその厳しい目でじっと見下ろした。そうして言ったのだ。聞き分けのない子に言い聞かせるように。

――久我《くが》にいつまで世話になるつもりや。この世は子どもが二人で生きていけるほど、甘いもんやない。すみれ――ぼくは君の幸せを考えて言うてるんや。

茜は唇を噛みしめた。

叔父の言うことは正しい。

高校を卒業したら月白邸を出て働くと決めているけれど、高卒の給料で妹を養っていけるだろうか。大きな病気になったら？　すみれが大学へ行きたいと言ったら？　習い事は、部活は、住む場所はどうしたらいいのだろう。

本当は、ずっと考えていた。

春から腹の底に沈めて見ない振りをしていた不安が、一気に膨《ふく》れ上がった。

青藍がじっと茜を見つめている。

「年が明けたら、本格的に手続きを始めるらしい。断るんやったらそれまでや」

「……すみれは、なんて言ったんですか」

「少し、考えるて言うてた」

体中が冷たい。氷水にでも浸《つ》かっているみたいでずっと震えている。青藍の淡々とした声がずっと遠くで聞こえていた。

茜は掠《かす》れる声でつぶやいた。

「……すみれは優しい子だから、わたしがいると決心がつかないのかも」

「どういう意味や」

青藍の目が剣呑《けんのん》に揺れたのも、茜は気がついていなかった。

すみれが笑顔でいられる場所はどこなのだろうか。それはかり考えすぎて、おかしくなりそうだ。

茜が高校を卒業して、月白邸も出たあと。すみれはまだ小学校四年生だ。その時笹庵にいれば、少なくともすみれは飢えて死ぬことはない。十分に勉強もさせてもらえるだろう。

茜と二人になるよりはきっと――。

「すみれは笹庵にいる方が、幸せなのかもしれないです」

すみれが幸せで笑ってくれていることが、茜にとって唯一の望みだから。

「……お前は、そうやって一人で決めてしまうんやな」

青藍がうなるようにそうつぶやいた。

3

次の日、冬の空は皮肉なほどに晴れ渡っていた。冷たく澄んだ空気の向こう側、高く広がる空は氷のように透き通った青色をしている。

重い雰囲気から逃げるように朝から洗濯に掃除にと走り回っていた茜《あかね》は、居間に戻ってきたところで当のすみれに呼び止められた。

一晩布団の中に引きこもったすみれは、次の日、泣いた跡のある腫《は》れぼったい目をこすりながら、それでもしっかりと起きてきた。

すみれは、窓際《まどぎわ》にあるツリーを見上げて目を見開いていた。

「茜ちゃんこれどうしたの？」

「昨日、陽時《はるとき》さんが組み立ててくれたんだよ」

その陽時は、昨晩遅くに出かけたまま帰ってきていない。

会話が途切れると妙な沈黙が気になる。次の瞬間すみれから切り出される話を想像しては怯《おび》えている。

茜は気まずい雰囲気を押し隠すように、ことさら明るい声で言った。

「すみれ、クリスマスツリーの飾り付けしようか？」

手を動かしている方が気も紛《まぎ》れるだろう。すみれもほっとしたような顔をしてうなずいた。すみれと二人で過ごす最後のクリスマスかもしれない。茜はふとそう思った。

月白邸《つきしろてい》の母屋《おもや》の北には木造の大きな倉庫がある。ほとんど山小屋といっていい代物《しろもの》で、どこから切り出してきたのか丸太を積み上げて造られていた。

青藍曰《いわ》く、かつて月白邸に住んでいた誰かが勝手に建てたものを倉庫として使っているのだという。

以前物干し竿を発掘した時に、ここにクリスマスツリー用のオーナメントがあるのを、茜は見つけていたのだ。

茜とすみれはしばらく捜索したあと、倉庫から大きなダンボール箱を二つ引きずり出した。

母屋に持って帰って、食堂の机の上に一つずつ並べていく。

錫《すず》の天使、胡桃《くるみ》の殻《から》に彫り込まれたマリア様、木製のサンタクロースに陶器のトナカイ。木製の、赤や白のカラーボール。どれも手作りのようだった。

緑や赤の電飾も見つけて、ぐるりとツリーに巻き付ける。オーナメントを一つずつツリーにぶら下げながら、ぽつりと茜が言った。

「ちょっと懐《なつ》かしいね」

椅子に上ったすみれが、てっぺんに金色の星を飾りながら、大きくうなずいた。

「去年は、お父さんと一緒だった」

父のカフェは上七軒《かみひちけん》にあった。去年は、フロアの隅にホームセンターで買ってきた小さなツリーを立てた。セットになっていた数少ないオーナメントをどう飾るか、すみれと二人で試行錯誤したものだ。

来年は――。

茜は口をつぐんだ。来年のクリスマスを、すみれは笹庵《ささあん》の家で迎えるのかもしれない。

「すみれ」

茜は震える唇を懸命に開いた。すみれが、椅子に乗ったままじっと茜を見下ろしていた。

茜はできるだけなんでもない風に言った。

「叔父《おじ》さんの話のこと、聞いたよ」

すみれが目を凝《こ》らして、じっと茜を見下ろしている。

「あのね、わたしのことは、気にしなくてもいいんだよ」

すみれは大事にしてもらえる。十分すぎるほどの教育を与えられて将来も安泰《あんたい》だ。それがすみれの幸せだと茜は思った。

すみれの呆然としたような声が聞こえた。

「──茜ちゃんは、すみれがいなくなってもいいの？」

すみれが椅子を蹴り飛ばさんばかりの勢いで飛び降りた。

「どうして、行かないでって、言ってくれないの？」

すみれの丸い目にぶわりと涙が浮かぶ。そこに赤や緑の電飾の光が反射して、場違いのようにちかちかと輝いて見えた。

「茜ちゃんは、す……すみれのこと、いやになった？」

「……違うよ」

けれどただの女子高生は無力だ。すみれの顔をまっすぐに見られない。そうしている間に、すみれの顔がくしゃりと歪《ゆが》んだ。

「――茜ちゃんのばか。ばかっ！」

「すみれ！」

伸ばした茜の手をすりぬけて、すみれが駆け出した。あの方向は青藍《せいらん》の仕事部屋だ。追いかけて走る茜の目の前で、すみれが青藍の部屋の障子戸《しょうじど》を開け放った。

「青藍っ！」

ためらいなく中に飛び込んだ。

中から面食らったような青藍の声が聞こえる。声がぼんやりしているから、寝ていたのかもしれない。

「うわっ、何⁉」

「青藍、せいらん……っ」

「すみれ……？　なんや、どうした」

戸惑《とまど》う青藍の声が聞こえる。

泣きじゃくるすみれの声を障子の向こうに聞きながら、茜はしばらくそこから動くことができなかった。

夕日が沈むころ。かたりと音がして茜は顔を上げた。

「暗いやろ」

食堂の入り口に、呆《あき》れたような顔で青藍が立っていた。

食堂から見える東の空は、紫を通り越して深い藍《あい》に染まっている。いつの間にか部屋の中は、少し先の相手の顔も見えないくらい静かな闇に沈んでいた。

思い出したかのように茜はふるりと身震いした。エアコンもストーブもタイマーが切れていて、ずいぶんと冷え込んでいる。

明かりをつけた青藍は、毛布の固まりを抱えていた。だらりと細い足が伸びていてそれがすみれだとわかった。

「寝たからこっち連れてきた。お前ら、二人ともぼくの部屋でよう寝るな」

「……すみません」

青藍の着物はあちこち皺《しわ》だらけで、すみれが容赦《ようしや》なくしがみついていたのだとわかる。

毛布にくるまったままのすみれをソファへ下ろした青藍は、食堂の椅子に腰掛けた。

「笹庵のこと言うたらしいな。すみれがえらい剣幕で飛び込んできた」

「……怒らせちゃいました。姉妹喧嘩なんて久しぶりで、前の時はどうやって仲直りしたか思い出せなくて」

何度も青藍の部屋を訪ねようとしたのだけれど、その度《たび》にくしゃくしゃに泣くすみれの顔が脳裏をよぎって踏み出せなかった。

途方に暮れたまま一人、茜はじっと食堂にいたのだ。

「……茜は、すみれを笹庵に渡したいんか」

「嫌です」

茜はきっぱりと言い切った。すみれと離ればなれになるなんて絶対に嫌だ。ぐっと唇を嚙みしめる。

けれど強い思いだけでは現実は動かせないと、茜は春に嫌というほど思い知った。

「でも今後、就職したとしても、わたし一人ではすみれを育てられないかもしれない。叔《お》父《じ》が言う通り、すみれは笹庵の方が幸せなんじゃないかって思ったんです」

茜はつとめて冷静に話そうとした。そうしないとこらえきれないものがあふれ出しそうだった。

青藍が少し困ったようによそを向いて小さく嘆息《たんそく》する。

「誰かの幸せは、勝手にお前が決めるもんやないよ、茜——それはお前が一番よう知ってるはずとちがうんか」

背もたれに体を預けて青藍が言った。

「――最初に会《お》うた時、そう言うてたやろ。ぼくはそれを覚えてる」

茜がおずおずと顔を上げる。

この邸《やしき》で最初に会った時、青藍とそんな話をしただろうか。茜が戸惑っていると、青藍が肩を震わせた。

「七月に本家であった屏風展《びょうぶてん》、覚えてるか」

茜は目を見開いた。

うだるような京都の夏――今年の祇園祭《ぎおんまつり》のさなかだ。

下鴨《しもがも》神社のそばに糺《ただす》の森という美しい森がある。そのほど近くに東院《とういん》本家があった。

京都の旧家には屏風展の習慣がある。多くは祇園祭と同じ時期、山鉾町《やまぼこちょう》の家々が七月の中頃に自宅を開放し、屏風や着物、掛け軸などを展示する。

東院本家も屏風展と称しては、前祭《さきのまつり》の宵山《よいやま》からの二日間邸を一般に開放していた。東院の分家筋のものは必ず顔を出さなければならないと叔父は言った。

その厳《いかめ》しい顔に皺《しわ》を寄せて、引き取った以上は東院の子だからと、そう言ったのだ。

青藍はためらうように話を続けた。

「ぼくはそこでお前たち二人を見たよ。それで二人を引き取ると決めた。ぼくにはぼくの……今思たら愚かしい目的があって——それさえ終わったら、ほんまはひと月で放り出したろうと思うてた」

茜が目を瞠《みは》る。

「月白邸に、誰かが住むやなんてありえへんて思てたんや……」

茜は耳の奥であの夏の蟬《せみ》の声を聞いた気がした。

「——珠貴《たまき》さんが、屏風展に顔出せってさ」

そう言ったのは陽時《はるとき》だ。京都の夏の暑さと寝不足にうんざりしていた青藍は、仕事部屋に向かう途中で呼び止められて胡乱《うろん》げに顔を上げた。

週に二、三度、好き勝手にこの月白邸に入《い》り浸《びた》っている陽時は、東院と半ば縁を切った状態の青藍とは違い、紀伊《きい》の家を通じてまだ東院と繋《つな》がっている。

本人も好き好んでのことではないようだが、陽時は昔から物事を受け流すのが得意だ。紀伊で絵具を扱うと決めた以上、東院とは縁を切れない。

今更どういう理由で自分を呼び立てるのか。青藍はぎゅう、と眉を寄せた。

陽時が苦笑した気配がした。

「邸に引きこもって、何日も寝ないで月白《つきしろ》さんの絵ばっかり見つめて。六年だよ、六年。

たまには健康的に日の光を浴びなよ」

この友人が、自分のことを心配してくれているというのは、わかっている。

それでも青藍はこの邸の中で静かに一人、朽《く》ちていくつもりだった。六年前に、月白が死んだその時から。

月白の遺《のこ》した課題も最近はほとんど諦《あきら》めていた。何年向き合っても、結局青藍は月白へとたどり着けはしないのだ。

「……断る」

いつもならそれ以上何も言わない陽時が、珍しく食い下がった。

「樹《いつき》さんとこの子たちが、来るらしいよ」

青藍はわずかに振り返った。

七尾《なな お》樹――十七年前、東院を捨ててどこのものとも知れぬ女と結婚した、東院の異端児だ。彼について本家も分家も皆が口をつぐむ中、月白だけが時折その名を出した。

――今の東院に樹くんが残ったはったらな。

月白の持つたくさんの絵の中に、若いころ樹が描いたという絵があった。

元々大胆な筆遣《ふでづか》いとたくさんの色味が特徴だったが、ある時からそれは明確に変化している。鮮やかな色が増え、筆が踊るように跳ね回る。それを見た月白がくつくつと喉《のど》の奥で笑っていた。

――この頃の樹くんは、ほんまに好きな人に出会《でお》うたんやなあ。

まるでころころと表情を変えているような絵だった。月白があんまり面白そうに笑うものだから。人嫌いの青藍とて一度会ってみたいと思っていたのだ。

だがそれはかなわなかった。

東京に住んでいたと聞いていたが、いつの間にか京都へ戻ってきていて、この春若くして亡くなったという。子どもを二人遺したと聞いた。

青藍は仕事部屋に戻りかけていた足を止めた。

「二人とも、笹庵さんとこで引き取るいう話やったな。……あの頭固い佑生《ゆうき》さんが、よう本家の屏風展に呼ぶ言わはった」

あの笹庵の堅物が、家を捨てた兄の子をよく思うわけがない。

「頭固いからじゃない。親戚になったからには、律儀《りちぎ》に全員、顔出させなきゃと思ってんだよ」

陽時に、興味ある？　と問われて、青藍は思わずうなずいてしまっていた。

七月十六日、街中が祇園祭のお囃子《はやし》の音であふれる中。青藍は体を引きずるように下鴨にある糺の森へ向かった。

西と東を賀茂川《かもがわ》と高野川《たかのがわ》で挟まれたこの一帯は、下鴨神社の神域にあたる。森の木陰に入るだけで、べたべたとした暑さがすっと和《やわ》らぐ心地がした。

白壁に囲まれた広大な敷地の中に、東院本家は鎮座《ちんざ》している。

母屋といくつかの離れ、それと大きな庭が広がっていた。お手本のような池と川、美しく手入れされた松の木。庭の奥には小さな茶室がしつらえてあった。訪問客が口々に褒《ほ》めているのが聞こえてくる。

現当主の東院珠貴は、茶と花に才があるそうだ。屏風展の招待客にも、茶人や華道家が多く招待されていた。

開け放たれた母屋には、東院の蔵から出された数々の美術品が並んでいた。

鎌倉時代の書画、蒔絵《まきえ》の壺、見事な細工の施された硯《すずり》、衣桁《いこう》にかけられたたくさんの着物に帯。そして過去の東院の絵師たちが手がけた屏風絵やふすま絵、掛け軸だ。室町時代から江戸時代にかけてのものだった。

どれも静寂《せいじゃく》を織り込んだような、繊細な作りだ。

目の端でそれを眺めながら、青藍は眉を寄せた。

千年も前からこの一族はずっと同じところを歩いている。

東院の絵師には、東院流と呼ばれるほど作風に特徴がある。整然とした美しい構図と、いっそ写実的とも思えるほどの細やかな書き込みだ。鮮やかな色味をよしとせず、精緻《せいち》な墨絵に淡く色をつけるにとどまる。

その絵を世間は美しいと評するが、太陽すら灰色で塗りつぶすその東院流の絵が、青藍は嫌いだった。

だんだんと苛立《いらだ》ってきて、縁側の途中から庭に下りる。

その視線の先に子どもが二人ぽつりと立ち尽くしていた。二人とも制服で片方は高校生、片方は小学生だろう。よく似た顔立ちから姉妹のようだった。

青藍の後ろを通り過ぎた親戚連中が、こそこそと話すのが聞こえる。

——どんな顔してここに顔出せたんやろうね。

——どこのものとも知れん娘さんと、笹庵の樹さんとの子。

——あの子らもかわいそうに。

あれが笹庵に引き取られたという樹の子たちか。さざめくような陰口の中を、姉妹は互いの手を握って聞こえないふりをしていた。

姉が気遣わしげに妹を見下ろした。

「すみれ、行こう。展示してあるものを一通り見ておかないと。あとで感想を言わなくちゃいけないって叔父さんが言ってた」

妹は唇をぎゅっと結んでいた。ずいぶん落ち込んだ顔をしていた。姉がしゃがみ込んで、妹をなだめるように頭を撫《な》でる。

「……すみれはちゃんとしたとこの子じゃないから、かわいそうなの？」

ぐすり、としゃくりあげる声がする。姉がゆっくり問うた。

「誰かに言われたの？」

「みんなが言うよ……。すみれと茜ちゃんはかわいそうだって。お父さんとお母さんがちゃんとしてないから、幸せじゃないんだって」

姉が妹の小さな体をぎゅっと抱きしめた。

「……ちゃんとって、なんだろうね。幸せっていろいろあると思うのに、ここじゃ一つしかだめって、決められてるみたい」

妹を怖がらせないように、穏やかで優しい声音だったけれど、その語尾が震えているのがわかる。さまざまなものを胸の奥に押し隠してるのだろうと、青藍は思った。

感情を殺すのにずいぶん慣れているようだったから、父が死んで三カ月、同じようなことを繰り返しているのかもしれない。さみしさも怒りも悲しさも全部隠して、姉は妹のために笑ってみせた。

「そういうの、勝手に決めないでほしいね。わたしはお父さんとお母さんの子どもで、すみれのお姉ちゃんでいられて、すごく幸せなのに」

妹の口元が、やっと少しほころんだような気がした。

やがて二人は叔父に追い立てられるように、鑑賞の列に加わった。

ささやくように、けれどしっかりと聞こえるように、彼女たちに浴びせかけられる言葉に、お互いの細く小さな手のひらだけを頼りに、あの子たちはこの邸の中で、懸命に生きている。

――幼いころの自分と同じように。

青藍は月白邸の食堂でふと息をついた。

「ぼくも小さいころ、東院の本家で暮らした。少なくとも望まれた子やなかったんやろ。それを月白さんがここに引き取ってくれた」

茜が目の前で息を呑んだのがわかった。自分からこの話をすることになるとは、青藍も思っていなかった。

「茜とすみれを初めて見た日、ぼくが考えたのは、月白さんの絵のことやった」

月白が青藍を引き取ったように、あの子たちと暮らせば、月白が何を思い、何を感じ、どんな世界を見たのか――あの遺された絵に何を加えればいいのか、わかるかもしれない。

茜の瞳がじっと青藍を捉《とら》えている。その瞳が小さく揺れていた。

傷つけてしまっただろうか。己《おのれ》の勝手な考えで、彼女たちを振り回した。

けれどもう青藍も疲れきっていた。答えの出ない絵に六年間向き合って一筆も入れることができないこの現状に。

どんな形でもいいから、決着が欲しかった。

「絵を完成させてお前たちを放り出して、それで全部が終わると思てたけど……上手《うま》いこといかへんもんやな」

それから月白邸の生活は、青藍の思い描いていたのとはまったく違ったものになった。

朝になればすみれが起こしに来るし、休日はなにかと居間に引きずり出される。夜になれば食事、また朝に起こされるとわかっていれば、夜も眠らざるを得ない。

そのうち陽時が彼女たちを気に入って、ほぼ毎日入り浸るようになった。

生活の全部が、絵のために引き取った姉妹に振り回されるようになった。最近では月白の絵に向き合う時間もない。本末転倒もいいところだ。

彼女たちが泣いて、笑って、毎日が怒濤《どとう》の勢いで過ぎていく。

それはまるで六年前に失った、賑《にぎ》やかだった月白邸の姿で――。

青藍は自分の髪を、くしゃりとかき混ぜた。

茜やすみれがいない一日はひどく静かに感じる。己が身を浸していた孤独に、もう一度戻ることができるだろうか。

「ぼくの幸せは、絵を描き続けることだけやと思てた。——それが、他にもあるんやて教えてくれたんはお前たちや」

首筋がわずかに熱くなる。自分の言葉とは思えないほど情けなく弱々しい。

けれど口に出して初めて、どうやらこれが自分の本心なのだと、青藍は知った。

「他の誰かが決めることやない。佑生さんでも東院でもぼくでも陽時でもない。茜は、何が幸せや」

茜の唇が震える。

やがてゆっくりと顔を上げた。

「……すみれを、取られるのは嫌です」

「うん」

ぱたぱたとテーブルに雫《しずく》がこぼれ落ちていく。

「……もう嫌。誰かいなくなるのは嫌。置いていかれるのも嫌。誰かに勝手に決められて、大事なものを奪われるのは嫌です」

ぽろぽろと剝《は》がれるように、胸の奥に押し隠していたものがこぼれ落ちていく。そうして最後に心の真ん中に残ったものを人は本心と呼ぶのだろう。

「すみれと一緒にいられれば、それでいいの」

青藍は口元に薄い笑みを刷《は》いた。

「すみれも同じこと、言うてたよ」

昼間、青藍の部屋で散々泣きわめいたすみれは、顔をくしゃくしゃにしながら青藍に言った。

――茜ちゃんがどうしたら幸せか、たくさん考えたの。すみれがいない方が、茜ちゃんのためになるのかなって。

幼い妹にも思うところがあったのだろう。

考えて、考えて。けれど涙を溜めた目で、すみれは鮮やかに笑った。

――でもね、貧乏でもちょっとぐらいお腹《なか》がすいてても。すみれは茜ちゃんといるのが、一番幸せって思う。

妹の方が甘え上手でしたたかだ。姉は責任感が強く真面目《まじめ》で、手先は器用なくせに感情を外に出すのがひどく下手《へた》だった。

だが互いに強い意志を持っているところは、よく似ている。

世界を二人だけで切り取ってしまうことも。

「お前ら姉妹は、すぐに二人きりで考えたがるな」

自分の顔が不機嫌そうになっているのに、青藍は気がついている。子どもみたいに拗《す》ねていると己でもわかっていた。

この姉妹がもたらしたものに縋《すが》りたいのは、本当は自分なのかもしれないと青藍は思う。

「そもそも、ぼくが放り出すとか、いつか二人きりになるとか――お前らはそんなにぼくを無責任な男にしたいんか」

最初はひと月で放り出すはずだったくせに、よく言うと自分でも思う。けれど目の前でおどおどと焦《あせ》り始めた茜を見て、青藍は心の内で小さく笑った。

どうやらもう少し――この子に甘えてみても良さそうだ。

「お前とすみれの家はどこや、茜」

茜は意を決したように言った。

「……月白邸です」

青藍の心の内を、ほのあたたかい光が満たすのがわかる。その光の色は夕日の色に少し似ている。

かなうことならこの姉妹が成長して、自分で自分の世界を切り拓《ひら》いていけるようになるまで、いつまでだってここにいれば良いのにと、青藍は思う。

——そうしていつか、彼女たちが見ている世界の色を知りたかった。

青藍が仕事場に戻ったあと。茜がキッチンの片付けをしていると、ソファの毛布がもぞもぞと動いた。すみれが目を覚ましたのだ。眠そうにあたりを見回している。

「すみれ」

茜が声をかけると、ぴくりと動いた。のろのろと顔を上げる。

「茜ちゃんは、すみれのこと、置いていくんだ」

妹の押し殺した声に、茜はぐっと唇を噛んだ。

静かな食堂の中で、茜とすみれは二人きりだ。笹庵の邸ではいつもこうだった。わたしとすみれと二人しかいないから、わたしががんばらなくてはと思うのだ。

けれど自分でもばかだなと思う。すみれの幸せを勝手に決めて押しつけようとした。

茜はすみれのそばにすとんと座った。

「わたしもちゃんと決めたんだよ、すみれ」

いつかお互いが自分の道を決めて、未来に向かって歩き出すその時まで。

「わたしもすみれと一緒。離れればなれは嫌だ」

すみれの顔がくしゃりと歪《ゆが》んだ。ぱたぱたと涙がこぼれて、うえええ、と泣き声が上がった。

「ほんと……すみれのこと置いてかない？　絶対、置いてかない？」

「うん。絶対置いていかない」

ぎゅう、と握りしめられたすみれの小さな手が愛《いと》おしくてたまらなかった。

――腹にしがみついて寝てしまったすみれを見下ろしながら、茜は柔らかな髪を梳《す》いてやった。すみれの髪は母に似ていて、細く柔らかくてくるのにいつも苦労するのだ。

茜はその手をふと止めた。

置いていかないでと縋るすみれに、茜は一瞬さきほどまでの青藍を見た。

もし青藍が、あの絵を完成させてしまっていたら――……。青藍の言った最初の予定通り、茜とすみれがここから放り出されてしまっていたら。

また一人になった青藍は、そのあとどうするつもりだったのだろうか。

想像してぞっとした。

青藍の生活が人間らしく柔らかなあたたかさを帯びていって、それがほんの少しでも茜とすみれのおかげなら、本当に良かったと思う。

茜は、すみれの柔らかな髪に再び指を通した。

少し賑やかで面倒くさくて、繊細で、とても優しいあの人と。わたしたちはちゃんと家族になれるだろうか。

4

次の日、夕食が終わったあと茜《あかね》は、青藍《せいらん》が台所から酒瓶と酒器を持ち出したのを見た。また酒だけを飲むつもりだと、茜は慌《あわ》てて水差しとグラス、肴《さかな》にと漬物を切っただけのものを何種類か盛り合わせてあとを追いかける。

茜は青藍の仕事場の前でしばらくためらった。昨日食堂で散々泣いて、それから少し気恥ずかしい。

「――茜か」

ぐずぐずとためらっているうちに中から声をかけられて、茜ははっとして顔を上げた。

「は、はい！」

「入り」

障子《しょうじ》を引き開けて、茜は目を見開いた。

仕事部屋の様子がずいぶん様変わりしていたからだ。

寝室との間にある障子が取り払われて隅に重ねて立てかけられている。机は端に寄せられていて、板張りだった床には畳が二枚引き出されていた。

青藍はそのそばに座り込んでいた。手元には案の定、日本酒の瓶と酒器がそろって置かれている。

茜がじろりと目を向けると、青藍が気まずそうに視線をそらした。

「……あとでちゃんと、何か食べるつもりやった」

ぞんざいな言い訳に嘆息《たんそく》して、茜は漬物の椀を押しつけた。

青藍が眺めている畳の上には、一対《いっつい》の屏風絵《びょうぶえ》が並べられている。月白《つきしろ》の屏風絵だ。青藍が大きめの猪口《ちょこ》で酒を舐《な》めながら、屏風を差してぽつりぽつりと話してくれた。

「こういう屏風は二曲一双《にきょくいっそう》て呼ぶ。左右で対《つい》になる屏風で、向かって右が右隻《うせき》、左が左隻《させき》」

左右共に雪の縁側が描かれている。右側にだけ美しく丸い金魚鉢《ばち》が描かれていたが、中は空《から》だった。

縁側の奥に見える庭を見て、茜は顔を上げた。

「ここ、月白邸《つきしろてい》のお庭だったんですね」

正確には、青藍の部屋の縁側から見た庭だ。青藍がうなずいた。

「月白さんがここから描かはったんやと思う。この仕事場は元は、月白さんのやから」

青藍が屏風絵に指を滑らせた。

「金魚鉢も覚えがあるんや。……誰かが買《こ》うてきた。六年前、もうあんまり出歩かれへんようなった月白さんのために」

畳に投げ出された青藍の手がひどくさびしげに見えた。

そのころ月白邸に住んでいた人間の数は、たぶん誰も正確には覚えていない。

勝手に住み着いているものもいたから、食堂に知らない人間の顔が並んでいるのが、月白邸では当たり前だった。

月白の病気に月白邸の面々が気がついた時、医者はもう打つ手がないと言った。老人にしては背が高く、がっしりとしていた月白の体は、かさかさの枯れ枝のように細く小さくなり、青藍が一人で抱きかかえられてしまうまでになった。

最後の冬。知らせを聞いた陽時《はるとき》や月白邸から独立していった人間が、次々と戻ってきた。京都にしては雪の多い冬だった。

「大抵この縁側で庭を見て過ごしたはったけど、元気な病人でな。やれ野生の狸《たぬき》や、野良猫や、鳥や犬や池の金魚やてふらふら歩き回ってはった」

動物が好きだった月白は、月白邸の庭に遊びにやってくる動物たちを、いつも好んで描いた。そのうちその散歩も難しくなった月白のために、誰かが金魚鉢を買ってきた。庭の金魚を入れたらいいと。

月白が亡くなるまで、あとひと月というころだった。

青藍が雪の縁側に描かれた、美しい金魚鉢を指した。

「でも月白さんは鉢を枕元に置いたまま、結局最後まで金魚を入れようとせえへんかった」

茜はふと眉を寄せた。それならこの金魚鉢は空が正解だということになる。

「この屛風は実は、このままで完成してるってことなんじゃないでしょうか」

青藍が緩く首を横に振った。

「どうやろうか。鉢の方はそれで完成かもしれへんけど――」

青藍が向かって左側、雪の縁側だけが描かれた屛風を指した。

「ここから左隻全体に胡粉《ごふん》が薄く引いたある。たぶん下地のつもりや。ここに何か描かはるつもりやったんやろうけど……」

青藍がじっと屛風を見つめた。

茜は屛風に描かれた美しい金魚鉢をじっと見つめた。どこか寒々しいと思うのは、使われている色味が淡く少ないからかもしれない。

精緻《せいち》に描かれた線と白と黒を基調に淡くぼかしたその絵は、どこか既視感《きしかん》がある。

七月の祇園祭《ぎおんまつり》の折――あの静かな東院《とういん》本家で見た絵のいくつかによく似ていた。

「東院の絵に似て、少しさびしいですね」

茜が見た月白の絵は、扇子《せんす》に描かれた陽時の猫と青藍の部屋にある障子絵の二つきり。それでもずいぶん雰囲気が違うと思う。

そう言うと青藍がふいに顔を上げた。

「……東院の絵か」

座り込んでいた床から腰を浮かせる。覆《おお》い被《かぶ》さるように青藍は屏風絵をのぞき込んだ。その黒曜石の瞳にきらきらとした光が揺れるのを、茜は見た。

「茜……陽時起こしてこい」

茜はえ、と時計を見た。十二時をとうに回っている。

「もう真夜中ですよ？　陽時さんたぶん寝てると思います」

明日も仕事が早いからと、陽時は早々に自分の部屋に引っ込んでしまっている。だが青藍にとっては関係がないようだった。

「ええから、叩《たた》き起こして部屋から引きずり出せ、早《はよ》う」

こうなった青藍に茜が逆らう術《すべ》はない。数分後、謝り倒す茜に連れられて、陽時が不機嫌そうに青藍の部屋を訪れた。

「……おれ寝てたんだけど。ずいぶん急ぎの用事なんだね」

陽時のあくび交じりの皮肉も、青藍ははなから聞いていないようだった。

「陽時、お前紀伊《きい》の発注リスト持ってるやろ。六年前の冬——月白さんが最後に発注したリストが見たい」

陽時が眉を寄せた。何か言いたそうだったが、やがて諦《あきら》めたように肩を落とす。

「……わかったよ。どうせ言ったって聞かないもんね」

こうなった青藍は、もう誰の声も耳に届かない。

その瞳の奥に揺らめく世界を、ただじっと見つめているのだと、茜は知っている。

それからしばらく、青藍はずっと自室に引きこもっていた。朝すみれが起こしに行けばのそのそと出てくるが、夕食には音沙汰《おとさた》がない。

放っておいてやってよ、と陽時が言うものだから、茜もすみれも心配しながら、いつの間にか十二月も半ばを過ぎたころだった。

その週末、期末試験の終わった茜は久しぶりの解放感に浸《ひた》っていた。あと数日で冬休みだ。その解放感に任せて、ツリーに飾るジンジャークッキーを作り始めた茜を、陽時が手伝ってくれている。

「茜ちゃん、型抜きできたよ」

食堂のテーブルから声をかけられて、茜はうなずいた。

スパイスをたっぷり練り込んだ生地《きじ》が、ジンジャーマンの形に抜かれている。礼を言ってオーブンに放り込んだところで、居間からすみれが駆けてきた。

「茜ちゃん、すみれの絵具知らない？　ピンクがないの」

一足先に冬休みに入ったすみれは、居間で宿題にいそしんでいる。

図工の宿題で画用紙に絵を描き始めて二日目。居間に置きっぱなしだったお絵描きセットからチューブごとなくなっていると、すみれが口をとがらせた。

陽時が母屋《おもや》の奥を指した。

「青藍にもらってきたら？　この間、織然《おりぜん》で掛け軸を直すときに使ったアクリルとか水彩が、何色かあったはずだから」

老舗《しにせ》の絵具商である陽時は、青藍の部屋の画材一切を管理している。すみれがうなずいて部屋を駆け出していって、しばらくもしないうちにばたばたと戻ってきた。

「茜ちゃん、陽時くん、大変だ！」

「どうしたの？」

陽時が首をかしげた。

「廊下で青藍が死んでる！」

茜と陽時が顔を見合わせて、廊下に飛び出した。

すみれの言う通り、青藍が廊下で行き倒れていた。昼間とはいえ、凍《こご》えるような十二月の気温の中、冗談かと思うほどの薄い着物一枚で廊下の壁に背を預けて座り込んでいる。

茜が声にならない悲鳴を上げた。陽時がおそるおそる近づいて、ほっと息をつく。

「大丈夫、生きてる生きてる。風呂入って廊下で寝落ちしたんだな」

よく見ると少し離れた場所にタオルが投げ出されていた。

陽時が青藍の腕を自分の肩に回して担《かつ》ぎ上げた。タオルを拾って茜が陽時のあとに続く。

「すみれ、お水持ってきてくれる？」

すみれがうなずいて、食堂に駆けていった。

「……心臓止まるかと思いました」

陽時がはは、と声を上げて笑う。

「前はけっこうあったよ。最近は落ちついたと思ったんだけどね」

こんなのが頻繁《ひんぱん》に起こるなら心臓が持たない。茜は嘆息《たんそく》しながら、陽時を先導して青藍の部屋の障子戸を引き開けた。

部屋に駆け込んで、畳まれたまましばらく使った様子のない布団を敷く。その上に陽時が青藍を転がした。

「子どもみたいに体力も集中力も限界まで使い切って、死んだみたいに寝るんだよな」

仕事部屋の中はすっきりと片付けられていた。筆も皿もきれいに洗われて木箱の中に乾かすように並べられている。敷かれていた畳は端へ寄せられて、机が真ん中に戻っていた。その上に絹に包まれた屏風があった。そばには落款《らっかん》が二つと朱肉が投げ出されている。

大理石のそれをつまんで確認した陽時が目を細めた。

「春嵐と月白さんの落款だ――完成したんだ」

茜は息を呑んだ。

5

十二月二十四日。茜《あかね》の学校が冬休みに入った次の日の朝だった。

月白邸《つきしろてい》の前に一台の黒塗りの車が止まった。仕上がった月白《つきしろ》の屏風《びょうぶ》を持っていくからと、青藍《せいらん》が呼びつけた東院《とういん》からの使いだった。

「今日が冬期画展の初日やからな、ぼくがわざわざ持っていってやる」

妙に機嫌良くそう言った青藍をよそに、茜は朝からてんやわんやだった。

「そういうのは前の日までに言っておいてください。手土産《てみやげ》とか、何の準備もしてないんですよ」

茜の焦《あせ》りなど青藍はどこ吹く風だ。それどころか車を待たせたまま朝食を作れと言う。運転手が困っているのではと茜がそわそわしていると、眠たそうな目をこすりながら、青藍は笑って言った。

「待たせとき」

完成した屏風を積み込んで出発したのはそれから二時間後。その上青藍は、茜についてこいと言った。

なんとか制服に着替える時間だけをもらい、陽時《はるとき》にすみれをお願いして、茜は青藍の乗る東院の車に引っ張り込まれた。まだ昼にもなっていないというのに、ぐったりと疲れてしまっている。

「わたし、ついていってどうするんですか……」

茜は隣で我が物顔に座っている青藍をじろりと見つめた。いつもの『連れ出し係』という雰囲気でもない。青藍はどうしてだか上機嫌で、自分からいそいそと車に乗り込んでいったからだ。

「画展の初日やからな、東院本家から分家まで親戚一同勢揃《せいぞろ》い——笹庵《ささあん》の佑生《ゆうき》さんも来はるやろな」

茜はぐっと息を呑んだ。

「言いたいことがあるんやったら、ちゃんと顔見て自分で言うてみたらええ」

結局すみれの件はそのままになっている。叔父《おじ》と話さなければと思っていたのは、確かだった。

「……前もって言ってください。心の準備とかがあります」

隣で青藍が笑った気配がした。

下鴨《しもがも》神社のそばで車を降りて、茜はほう、と感嘆《かんたん》の息をついた。

十二月の重苦しい空を覆《おお》い隠すように、葉の落ちた森の枝が重なり合っている。風はその森を通り抜ける度《たび》に音を失っていくようで、そこだけが外の世界から切り離されてしまったかのように、ひどく静かだった。

——ここは歴史深い神の森だという。

森のほど近くに白い塀《へい》が連なる大きな邸《やしき》があった。東院本家だ。白壁の向こうからところどころ松が枝を伸ばしていた。

磨き上げられた黒檀《こくたん》の門の前で車が止まると、途端に二、三人の男たちが駆け寄ってきた。青藍を一瞥《いちべつ》したあと、トランクから屏風を下ろしていた。

およそ半年ぶりに訪れた東院本家は、茜が覚えている通り見事な庭を持っていた。

石畳の間に白砂《はくしゃ》が敷かれ、松の木の根元には苔《こけ》が配置されている。計算し尽くされた位置に置かれた大きな庭石、庭の奥に広がる池には錦鯉《にしきごい》が泳ぐ姿を見せていた。

青藍が石畳の真ん中で立ち止まった。

「本家に来る客は、必ず正面の門から入ってこの石畳を通るんや」

青藍が草履《ぞうり》で石畳をこすった。

「——月白さんはよう下駄でここ通らはってな。からから音がするから、あの人が来たてすぐにわかった」

茜が顔を上げた先で、青藍の目がずっと遠くを見つめている。

「いつも日曜日の夕方やったんや。空が夕暮れに染まるころ。あの下駄の音を、ぼくはずっと待ってた」

青藍はかつてこの東院の邸から月白に引き取られたそうだ。陽時の話からするとそれはあまり良い思い出ではなかったのかもしれない。この静かな庭で青藍もまた一人だったのだろうか。茜はふとそう思った。

石畳を歩いていくと母屋《おもや》の玄関があった。商家ではなく、かつての貴族の屋敷の造りに近い。間口が広く今は戸が開け放たれていて、そこに冬期画展の受付が置かれていた。

玄関だけで何畳分あるのだろうかとか、広い寺みたいだとか埒《らち》もないことを考えながら、茜が案内に従って革のローファーを脱いだ時。

「──青藍」

柔らかな声がして、青藍と茜は同時に顔を上げた。

珠貴《たまき》だった。一目で上質だとわかる着物に身を包んでいる。濃紺の羽織には東院家の家紋が白で染め抜かれていた。

返事もしない青藍に苦笑して、珠貴の視線は茜の方を向いた。

「よう来てくれはったなあ、茜さん」

「……お邪魔します」

この人の笑顔は苦手だ。どこか青藍に似ているのに温度がなくて怖い。

外の男たちに屏風を奥に運ぶように指示して、青藍を案内するように、珠貴が先に立って歩き始めた。

「一日目は親戚しか来うへんしな。一般開放は明日からやし、気ぃはらんと楽にしてや。まあ、女子高生が見て面白いもんがあるとは思われへんのやけど」

たおやかな見た目をしているけれど、珠貴の言葉には千年を超える歴史を持つ一族を率いているという自負がある。

茜はなんと答えたものか、迷った末に口をつぐんだ。

寺のように広い部屋の周りをぐるりと廊下が取り囲んでいる。障子《しょうじ》はすべて取り払われて、茜は前を行く青藍を追いかけながら玉砂利の敷かれた庭を見つめた。

雑草の一本も許されない庭は、月白邸の、好きなところに好きなだけ木々が生えるあの賑《にぎ》やかさとは正反対だった。

本当はとても美しい庭なのだろうけれど、見ていると息が苦しくなる。

珠貴が言うように、本家には確かにたくさんの人が訪れていた。皆着物やワンピース、スーツで時折交じる子どもたちは、それぞれが通う学校の制服姿だった。

廊下ですれ違う度にみなが珠貴に会釈《えしやく》する。青藍がゆうゆうと歩く後ろを、茜は身を縮めてついていった。

後ろから、小さな声が追いかけてくる。

「あの子て、笹庵さんとこの？　樹《いつき》くんの上の娘さんやわ」

「久我《くが》さんとこで引き取ったんやろ。樹くんいうたら、ほら——……」

父が、母が何をしたというのだろう。

好きな人と付き合って結婚した。茜とすみれを一生懸命育ててくれた。それだけなのにどうして、こんなことを言われなくてはいけないのか。

背中に重いものがのしかかってくるようで、知らず知らず茜はぐっとうつむいて廊下ばかりを見つめていた。

前を歩いていた青藍の足が、ぴたりと止まった。

ため息が聞こえて、ぽんと頭の上にあたたかいものが乗った。それがくしゃくしゃと茜の髪をかき混ぜる。

「顔を上げていろ、茜」

おそるおそる顔を上げた先で、美しい黒の獣が笑っていた。するりと離れていった青藍は、目線だけでちらりとこちらを振り返った。

「こういう時は笑《わろ》たらええんや。笑《わろ》うてる茜は……まあ、悪ない」

それは青藍の精一杯の褒《ほ》め言葉だと、茜は知っている。

胸の音が耳の奥で聞こえる。顔に熱が集まるのを感じて、茜は慌てて首を横に振った。

早足で青藍を追いかける。今日の青藍は本当に機嫌が良い。こんなに楽しそうな顔は見たことがない。

「……青藍さんの顔でそれは嫌味ですからね」

「陽時よりマシやろ」

確かに、と茜は思わずうなずいた。あの顔に面と向かってかわいいと言われた日には、しばらく立ち直れそうにない。

いつの間にか肩も体も軽い。気持ち一つでこんなに違うのだとわかる。

珠貴に案内されたのは、本家の中程にある広い客間だった。ちょうど母屋の角にあたり、南と東の二面の障子がすべて取り払われている。

縁側に向かうように衣桁《いこう》が二つ、直射日光を避けるために、奥の床《とこ》の間《ま》に掛け軸が一幅《いっぷく》。違い棚に古い茶碗がいくつか並べられていて、どれも小さなタグが添えられていた。

冬期画展は、東院にゆかりのある芸術家たちの作品展になっている。絵に着物に陶器にと、改めて芸術家の一族なのだと茜は感心した。

その部屋の一番目立つ場所が空けられ、絹に包まれた月白の屏風が置かれている。物珍しそうに、何人かがそのそばに集まっていた。

その中に着物姿の笹庵の叔父の姿が見えて、茜は体を硬くした。

珠貴が部屋の中に足を踏み入れると、皆が自然に上座へと通した。珠貴は人を従える不思議な雰囲気があった。珠貴が皆を見回すだけで、何か重厚な儀式でも始まるような気がする。時代がかった不思議な光景だった。

「月白の弟子、春嵐《しゅんらん》が冬期画展に出展してくれることになった。彼は絵師として、これからも東院を支えてくれるやろうと思う」

なにせ、と珠貴が続ける。その目がきゅう、と細くなった。

「――久我青藍はぼくの弟やさかいな」

茜は、え、とつぶやいていた。

ざわりと空気が揺れる。そこで初めて茜は知ったのだ。茜とすみれに向けられていたあの視線が——青藍にも向けられていたのだと。

「よう言わはるわ、珠貴さんも」

青藍が鼻で笑った。瞳の奥は凪《な》いだように静かだった。

珠貴と青藍は十四歳離れた、母親違いの兄弟だ。御所《ごしょ》の北、糺《ただす》の森のそばに広がる東院家の大きな邸の片隅で、青藍は育った。庭の隅に平屋の離れがあって、物心ついた時から青藍はそこに一人で住んでいた。日に数度、世話をしてくれる女が来たが、どれだけねだっても遊んでもくれなかった。

東院家の当主、東院宗介《そうすけ》が自分の父親であることは青藍も理解していた。五十もとうに越した背の高い男だ。彼と、邸の使用人だった年若い女の間に青藍が生まれたそうだが、青藍自身は母のことを覚えてない。

珠貴の母は、宗介が他の女との間につくった子である青藍を、ひどく毛嫌いした。

母屋へ上がることは禁止され、ほとんど誰にも構われないまま、青藍は幼いころを過ごしたのだ。

宗介はある日青藍に絵を描くように言った。お前も東院の血を継いでいるのだからと。

それから毎日描いた絵を父に見せるのが青藍の日課になった。

青藍が母屋の縁側に絵を持っていくと、父が部屋から出てきてくれる。そうして一度うなずいたあと、朱墨《しゅぼく》の筆で青藍の絵に修整を加えるのだ。

形がおかしい。奥行きを意識しろ。色使いが美しくない。

自分の絵が描き変えられていくのは、とてもつまらないと思っていた。けれど青藍がそれをやめなかったのは、邸の中でそうやって構ってくれるのが父しかいなかったからだ。

小学生になって二年ほど経った、ある日曜日の夕方。

門から続く石畳を、下駄で歩くからからという音がした。藍《あい》色の着物を懐手《ふところで》にしてゆったりと男が歩いていた。

父に絵を見せに行く途中だった青藍は、その男に請《こ》われるまま自分の絵を見せた。男は青藍の絵を一瞥《いちべつ》して鼻で笑い飛ばした。

「つまらん絵やなあ」

この時、父に与えられていた課題は、夕暮れの山海図。中国の秘境、桃源郷《とうげんきょう》に沈む夕日を淡くぼかした墨で描くことだった。

太陽は先に薄めた墨を塗ったあと、胡粉《ごふん》を重ねると白く浮き上がる。

それが一番美しい太陽の描き方だと父に教わった。

描き込まれた精緻な木々と雄大な山々、モノクロでも鮮やかな赤とわかるその描き方は、すでに子どもが描くには並大抵とは言えない仕上がりだったが、その男はふんと鼻を鳴らしただけだった。

「つまらへん。それやったら、お前の中でお日様《おひさん》は一生灰色か」

男が青藍の小さな頭をぐいっと庭へ向けた。

ちょうど西から差す夕暮れの光が、木々の輪郭《りんかく》を溶かすところだった。

じりじりと焼けたように、赤い光に触れた先から燃え上がるような鮮烈な赤に変わる。

青藍が呆然と見ている間に、赤から橙《だいだい》、淡い紫、藍色へ一時もとどまることなく、空の色は変わり続けた。

ぽかんと口を開けたままの青藍に、男が笑った。

「毎日お日様見ててみ。朝、昼、夜。晴れた日、雨の日。お前の気持ちが楽しい日、悲しい日。好きな人がでけた日、誰かと喧嘩した日、美味《うま》い飯を食ったあと」

男が立ち上がる気配がして、青藍は慌てて振り返った。

夕日の沈んだ空の下。東から昇る薄い白い月に照らされて。男の輪郭はほの青く見えた。

「きっと、全部違う色や」

それから青藍の世界には、一気に色がついた。

夕暮れのあとの、夜になる寸前の空を切り取った藍色。雨の日に葉からぽたりと落ちる雫《しずく》の薄い水色。秋に鮮やかに色づく紅葉《もみじ》色、台風の日の落ちてきそうな空の鉛《なまり》色。若芽の黄緑、晴れた日の空の青。夕暮れ時、東の空に浮かぶ薄月《げっぱく》の月白。

男は、自分の名を月白《つきしろ》と名乗った。

次の日曜日、月白は青藍に平たい箱を一つくれた。

中には小さくて四角い色の固まりがたくさん並んでいて、水をつけた筆で触れると鮮やかな色水ができた。

父に与えられていた墨や胡粉、輪郭を取るための淡い色味ではない。

朱、緑、鮮やかな青。金色や銀色、きらきら光るラメが入った美しいパール。

筆で色を置くだけで、紙の上に広がる鮮やかな世界は、青藍を一瞬で虜《とりこ》にした。その平たい箱は青藍にとって、世界の全部を詰め込んだ宝石箱と同じだった。

青藍の才能はあふれるように開花した。

頰《ほお》に絵具をつけたまま庭を走り回り、朝から夜まで絵を描き続けている青藍を、周りは不気味に見つめていた。

最初は不機嫌そうだった父は、ある日青藍の持っていった絵を見てふと笑った。

「面白い絵を描くなあ、お前は」

そうしてやっとその大きな手で、青藍の頭をくしゃくしゃと撫《な》でてくれたのだ。

それから絵を描くことが青藍のすべてになった。

その間だけは全部を忘れることができるから。ひそやかにささやかれる噂話《うわさばなし》も、会ったこともない自分の母を汚いとさげすむ声も。

それからしばらくして父が死んだ。跡取りは大学院を卒業したばかりの兄、珠貴だった。

やっと認めてくれた父が亡くなったことを悲しみ、久しぶりに淡い墨絵を描いていた青藍に、突然珠貴の母の怒りが降りかかった。

珠貴の母は青藍から絵具を取り上げた。筆も墨も紙も、今までそれだけは許されてきたものを、青藍から一つ残らず取り上げてしまったのだ。どうしてそんなことをするのか、青藍にはわからなかった。

世界はまた灰色になった。

ほとんど学校にも行かず、離れで膝《ひざ》を抱えて一年を過ごしたあと、青藍の前にまた宝石箱が現れた。

きらきら光る十二色入りの顔彩《がんさい》のパレットを差し出した月白は言った。

「一緒に来るか？　ぼくのところやったら好きなだけ絵を描かせたる」

一も二もなく、青藍はその手を取った。

この人のそばにいれば、一生あの鮮やかに色づく世界を見続けられると思った。

そうして十二歳の時、青藍は顔彩の宝石箱だけを持って、月白邸へやってきたのだ。


青藍がぎしりと畳を踏んで、絹のかかった屏風に近づいた。向かって右の絹がするりと取り払われる。

月白の描いた金魚鉢の中に美しい金魚が二匹泳いでいた。鱗《うろこ》の一つ一つが細い筆で丁寧《ていねい》に表現されていて、体の動きに沿ってなめらかに曲線を描いている。

まるで生きているかのようだった。

淡い色でぼんやりと輪郭が取られていて、静かで息を呑むほどの精緻な美しさがそこにはあった。

周りからほう、と感嘆のため息がこぼれた。

「さすが……美しいなあ、青藍」

珠貴がぽつりとつぶやいた。茜は着物の袖口《そでぐち》で、珠貴の手が握りしめられているのを見た。

「これで東院も安泰《あんたい》やな」

「あんたかてこれくらい描けるんやろ、珠貴さん。繊細で美しくて——さびしい絵や」

青藍が鼻で笑った。

「月白さんは死ぬ前に紀伊《きい》に絵具と墨を発注したはった。辰砂《しんしゃ》、岩群青《いわぐんじょう》、青墨。最上級の美しい岩絵具と墨や。東院の絵やから気合い入れはったんやな」

青藍は左の絹の布を取り払った。

左隻《させき》を目《ま》の当たりにして、周りがざわめいた。

雪降るさなかの縁側、粉々に割れた硝子《ガラス》の金魚鉢から、色とりどりの金魚が空に向かって駆け上がっている。

大きさも種類もバラバラで、水を巻き上げながらめいっぱい尾を揺らしていた。

青藍が目を細めた。

「それから、同じ日に別の画材も発注したはった。油絵具やアクリル絵具、それもピンクやらエメラルドグリーンやら、金やら銀やら、派手な色ばっかりや」

墨で縁取《ふちど》られた金魚は鮮やかに彩られていた。

エメラルドグリーンに銀色のライン、スカイブルーとレモンイエローの組み合わせ、金色の頭にショッキングピンクのひれ。

茜はあっと顔を上げた。

「このピンク、もしかしてすみれの絵具ですか？　冬休みの宿題ができないって、すみれ怒ってましたよ」

青藍が一瞬目をそらしたあと、気まずそうにうなずいた。

「……居間にあったから……帰ったら謝る」

珠貴がぎゅうっと眉を寄せた。

「なんやこの絵……目に痛い」

美しくない、子どもが色を塗ったみたいだと非難が飛び交う中、茜は一人その屏風にじっと見入っていた。

なんだか笑いがこみ上げてきた。一匹一匹がとても楽しそうに泳いでいるように見えて、茜はきれいな金魚鉢より、こっちの鮮やかな絵の方がずっと好きだった。

「月白さんから伝言や」

青藍が珍しく、ははは、と笑い声をこぼした。

「ぼくらは好きにやる。描きたいものを描いて塗りたい色を塗る。——ぼくらは何からも自由や」

言い捨てて、青藍は茜の腕を取った。

「帰る」

言いたいことは全部言った。もう用はないとばかりに大股《おおまた》で部屋を出ようとする。茜は慌てて敷居の前で踏みとどまった。

「叔父さん」

これだけは言っておかなければならなかった。

「わたし、すみれと離ればなれになりたくないです。あの邸にすみれを返すのだって嫌」

きっと一人なら、叔父に意見することなんてできなかっただろう。けれど今、茜のそばにはあたたかくて優しい人がいる。

「わたしとすみれは、お父さんの間違いじゃない。お父さんがお母さんのこと、大好きだった……幸せの証拠です」

とっさに言葉を返せないでいる叔父にさっさと背を向けた。心臓が痛いほど高鳴っていたけれど妙に胸のすく思いがした。

石畳を通って門まで抜けたところで、珠貴に呼び止められた。糺の森の静寂の中で、兄弟は二人じっと見つめ合っていた。

「……あの絵を、東院の絵として置いとくことはできへんなあ」

珠貴が苦笑した。青藍がちらりと振り返る。

「ぼくも月白さんも、東院の絵師やありませんから」

静寂の風が吹いた。

「……お前の方が絵の才があると、お父さんはいつも言うたはった。ぼくは褒めてもろうたことあらへんかったんえ。お茶も花も歌も全部やったのに絵だけは一度も」

今の東院の当主は、絵より茶や花の才で名高い。それは珠貴のせめてもの抵抗だったのかもしれないと茜はふと思った。

前当主が死んだ時、珠貴も珠貴の母も、幼かった青藍のあふれる才能を恐れたのだろうか。珠貴は口元に笑みを浮かべたまま、きゅうと目を細めた。それはどこか少しさびしそうに見えた。

「一つ聞いてもええか、青藍」

青藍がゆったりと振り返る。

「月白さんは、なんであの屏風を仕立ててうちに送らはったんやろうな。未完のままやのに。あれは遺作やろ」

ふ、と青藍が笑った。

「……あれは月白さん一流の皮肉ですよ」

そう言って青藍がふいに眉を寄せてチッと舌打ちするものだから、茜は目を見開いた。

「……あのじいさん、東院の絵師でも弟子のぼくでも、誰も自分の絵に筆なんか入れられへんやろて、さっさと仕立ててしまいよったんや」

青藍の声が低く沈んでいくのがわかる。

「それで、描けるもんなら描いてみい言うつもりで送らはったんやろ」

珠貴がふ、と笑いをこぼした。

「……それはずいぶん、いけずな人やなぁ……」

その目の奥があたたかく色づいているのを、茜は初めて見たような気がした。

青藍は顔を上げた。まぶしい日の光が木々を透かして揺れている。

「そういう人やったんや……月白さんは。ぼくが完成させてしもたから、今頃、悔しがったはるんとちがうやろか」

静寂の森を揺らす、ひときわ強い風が吹いた。

青藍は唇を結んで、それきり振り返らないまま、糺の森の静寂に背を向けた。

その夜、茜は青藍に呼ばれて仕事部屋を訪れた。

「こっち」

青藍に招かれたのは寝室の方だ。八畳ほどのそこには隅に畳まれた布団が、目の前には大きな障子絵がある。

月白が青藍のために遺した桜の木だった。

左端から黒々とした細い桜の木が伸びていて、空を覆うように枝を広げている。墨描きの桜はひどく寒々しく見えた。

これは月白からの人生最後の課題なのだと、青藍に聞いた。

茜はわずかに首をかしげた。部屋の中に絵具と墨の匂《にお》いが残っている。絵を見つめて、茜は目を見開いた。

「……青藍さん、これ……」

桜の木のそばには、前にはなかった絵が描き加えられていた。

根元に寄り添うように、空に向かって背を伸ばす一匹の猫だ。艶《つや》やかな金色の毛並みを持ち、耳をピンと立てている。

その横には、ふくふくと丸まった小さな柴犬が尾をぶんぶんと振り回していた。

陽時と涼《りょう》だ。

動物の絵が得意だった月白は、陽時を猫に、涼を柴犬に見立てていた。

「月白さんの金魚の屏風を描きながら、少しずつ仕上げたんや」

青藍の静かな声が聞こえた。

「――ぼくはこの木がぼくに見える」

あの庭にある桜の木だ。春に花を咲かせず、秋にぽつりぽつりと季節外れの花をつける。たった一本で空に向かってなんとか手を伸ばしている、細く弱々しい桜だった。

華やかで美しい春の世界から、一人はじき出されてしまったように。

青藍は片膝を立てて、じっと障子絵を見つめていた。

この人はずっとこうしてきたのだろうと茜は思った。来る日も来る日も——六年間。

「だからこの木に何を加えたら正解なんか、ぼくにはずっとわからへんかった」

青藍が立ち上がった。雲から月が顔を出す。さあっと部屋の中に光が入って、障子絵がほの青い月白《げっぱく》の月明かりで照らされた。

そうして茜は気がついた。

木の枝に小さな鳥が二匹止まっている。

ふくふくとした雀《すずめ》だ。片方は野に咲く小さな菫《すみれ》の花の色。片方は地平に沈む鮮やかな夕日の茜色。

桜の枝先に、遠慮がちに二匹寄り添っていた。

「正解なんてなかったんやな。それにもしかしたら、完成もあらへんのかもしれへん」

その木は青藍そのものだ。これからどうやって彩っていくのか、青藍次第ということだ。

六年間、この絵には何も描き加えられることはなかった。

青藍は仏頂面《ぶつちようづら》のままわずかに肩をすくめた。金色の猫と、柴犬と、菫色と茜色の雀が二匹。

「六年で、これきりや」

茜は思わず身を乗り出していた。

「増えますよ、もっとたくさん。それでこの障子絵がいっぱいになって、もうぎゅうぎゅうで何も入る隙間《すきま》もなくなったらきっと——」

茜は桜の木に手を伸ばした。

「花が咲くんです」

窓からはほの青い月白の光が、見守るように降り注いでいる。

青藍は立ち上がって酒瓶と酒器を手に、のそりと縁側へ向かった。そこへすとんと腰を下ろす。手招かれて、茜も横に座った。

青藍が手酌《てじやく》で酒を注ぐ隣で、じっと空を見上げる。この沈黙を茜は嫌いではなかったし、とても心地が良かった。

茜がふと問うた。

「月白さんはどんな人だったんですか？」

青藍が酒を呷《あお》る手を止めた。わずかに眉を寄せる。

「……妙な人やったな。だいたい、広い邸に職人や芸術家拾ってきて住まわせとる人が、まともな人間なはずあらへん」

自由奔放《ほんぽう》な人だったと青藍がつぶやいた。

「あのじいさんが一番ややこしかったんや。死ぬにしてもおとなしく弱気になっとったらええもんを。死ぬ前にやれ宴会や、バーベキューや、画展を開くから死ぬまでに準備せえて……やかましいやかましい」

具合が悪くなるからおとなしくしていろと、皆が何度言っても聞かなかった。

茜は思わず笑ってしまった。

「歩かれへんから担《かつ》げ言うてみたり、あげくの果てには、人の背中に負ぶさったまま絵描きよるし」

最後の最後まで筆にしがみついた。

枯れて細くなった腕はもう繊細な線を引くことはできなかったけれど。懸命に握りしめた太い筆で、青藍の背に負ぶさって。

たった一人の弟子に、人生最後の課題を与えたのだ。

それきり青藍は縁側でじっと酒を飲み続けた。目を細めてほの青い月白の光をいっぱいに浴びながら。

十二月二十五日の朝、茜とすみれは手を繋いで母屋を訪れた。

居間のクリスマスツリーの下にプレゼントが置いてあるのを見つけて、すみれがぱあっと顔を輝かせる。

「サンタさんだ！」

昨日の夜、茜がそっと置いておいた包みだ。ピンク色の包装紙に、赤のリボンでラッピングをお願いした。

「マジカルステッキだ！　茜ちゃん、サンタさん来た！」

ピンク色のステッキをぶんぶん振り回しながら、すみれがきらきらと笑う。

青藍の連れ出し係のアルバイト代を、少しずつ貯めて買ったのだ。妹が満面の笑みで喜ぶのが、茜にとってのプレゼントでもあった。

すみれがきょとんと首をかしげた。

「茜ちゃん、まだあるよプレゼント。サンタさんたくさん来たのかな」

すみれが指差した先に同じ大きさの箱が二つ置いてある。一つは野に咲く可憐《かれん》な菫色。もう一つは夕暮れを思わせる鮮やかな茜色。

誰が置いたかは一目瞭然《いちもくりょうぜん》だった。後ろからわざとらしい声がした。

「あれー、サンタさんじゃん。うちにも来たんだね」

「陽時くん！　見て、二つも！　すみれ二つももらったんだよ」

ぴょんぴょんとはしゃぐすみれに、陽時がにこにこと笑う。

「開けてみたら？」

陽時ににんまりと笑われて、茜は戸惑ったように茜色の箱を持ち上げた。照れ隠しにじろりと陽時を見やる。

「……社会人のサンタさんからですか？」

「どうかな」

包装紙を開くと平たい箱が一つ入っていた。プレゼントの印象にはほど遠い、くすんだ草色の箱だ。ざらりとした手触りのそれを開けて、茜は目を見開いた。

「……わ……」

まるで、宝石箱のようだった。

小さな長方形の白い皿に、つやつやと輝く赤や青や緑が塗り込められている。縦に三つ、横に四つずつの合計十二個。きっちりと収められたその下には、小さな筆と真っ白な豆皿が一つずつ添えられていた。

顔彩のセットだ。

「メリークリスマス、茜ちゃん、すみれちゃん」

ぶわりと一気に世界に色があふれた。

十二月の寒々しい庭には、紅《べに》色の寒椿《かんつばき》、ストーブに点《とも》る炎の朱色、目の前で笑う陽時のまぶしいほどの金色。

そうして、何事もなかったかのようにのそりと暖簾《のれん》をくぐって食堂に姿を現した——濃く深い青の、青藍。

「おはようございます、青藍さん」

優しい獣の目をした男は、ふんと鼻を鳴らせて眠たそうにあくびをした。

「茜、茶」

あとでこの顔彩の使い方を、教えてもらおう。

そうしたらきっと、わたしの目に映る世界では、あなたがどんなに優しい青色をしているのかを、見てもらえると思ったから。

「はい」

茜は手の中の宝石箱をそっと食堂の机に置いて、いつもの朝のようにキッチンへ駆け込んでいった。

主要な参考文献

『日本美術全史』田中英道（講談社学術文庫）二〇一二年
『近世御用絵師の史的研究——幕藩制社会における絵師の身分と序列——』武田庸二郎・江口恒明・鎌田純子共編（思文閣出版）二〇〇八年
『図解　日本画用語事典』東京藝術大学大学院文化財保存学日本画研究室編（東京美術）二〇〇七年
『表具を楽しむ』池　修（光村推古書院）二〇一三年
『定本　和の色事典』内田広由紀（視覚デザイン研究所）二〇〇八年
『暮らしの中にある日本の伝統色』和の色を愛でる会（ビジュアルだいわ文庫）二〇一四年

※この作品はフィクションです。実在の人物・団体・事件などにはいっさい関係ありません。

集英社オレンジ文庫をお買い上げいただき、ありがとうございます。
ご意見・ご感想をお待ちしております。

● あて先
〒101-8050　東京都千代田区一ツ橋2-5-10
集英社オレンジ文庫編集部 気付
相川　真先生

京都岡崎、月白さんとこ

人嫌いの絵師とふたりぼっちの姉妹

集英社
オレンジ文庫

2020年 9 月23日　第1刷発行
2020年10月19日　第2刷発行

著　者　相川　真
発行者　北畠輝幸
発行所　株式会社集英社
〒101-8050東京都千代田区一ツ橋2-5-10
電話【編集部】03-3230-6352
【読者係】03-3230-6080
【販売部】03-3230-6393（書店専用）
印刷所　図書印刷株式会社

※定価はカバーに表示してあります

ISBN 978-4-08-680343-4 C0193